Die Produktivitätslüge

Dieses Buch ist meiner lieben Frau Marion und meinem tollen Sohn Markus gewidmet. Zwei tolle Menschen – ich bin froh dass es euch gibt.

Vielen Dank an Jochim Filliés von
www.sprecherziehung-fillies.de
für die Korrekturlesung.

Die Produktivitätslüge

von

Roland Roßmanek

Bibliografische Information der Deutschen Nationalbibliothek:
Die Deutsche Nationalbibliothek verzeichnet diese Publikation in der
Deutschen Nationalbibliografie; detaillierte bibliografische Daten sind im
Internet über http://dnb.dnb.de abrufbar.

© 2015 Roland Roßmanek

Illustration: www.rossmanek.de
Korrektur: www.sprecherziehung-fillies.de

Herstellung und Verlag: BoD – Books on Demand, Norderstedt

ISBN: 9783738612264

Inhaltsverzeichnis

Vorwort	Seite 7
Beginn	Seite 11
Umdenken	Seite 30
Hoffnung	Seite 49
Resignation	Seite 67
Hoffnung	Seite 87
Frischluft	Seite 107
Fürst I	Seite 122
Gesundheit	Seite 141
Whity	Seite 144
Fehler	Seite 153
Fürst II	Seite 157
Abgang	Seite 160
Ende	Seite 171
Arbeitslos	Seite 175
Lehrreiches	Seite 188

Vorwort

Es gibt viele Gründe, etwas aufzuschreiben. Entweder will man Geld verdienen, hat sonst nichts zu tun, oder es wird solch ein Werk erwartet. So ist es in diesem Fall nicht - ich kann es einfach und so tue ich es.
Schreiben ist für mich die ehrlichste Art und Weise der Kommunikation und die einfachste Art, einen Standpunkt einem breiten Publikum zu vermitteln. Was geschrieben ist, steht da - einzementiert und unwiderruflich. Kein Wenn und Aber, ehrlich und endgültig. Kein Geplänkel oder Geschwätz - ein Mann ein Wort, wobei diese Floskel auch nur eine geringe Wertigkeit hat, weil man ungestraft Lügen verbreiten und betrügen darf, wenn man mal eine gewisse Stellung in der Gesellschaft erreicht hat.
Ich gehöre nicht zu den Leuten, die mit nur einem gestreuten Gerücht Milliarden an Werten vernichten können, oder nur um der Macht willen ein ganzes Volk belügen. Auch gehöre ich nicht zu den Prominenten, die zu dumm sind, einen Eimer Wasser umzutreten, aber geistfreie Bücher anbieten, die sogar gekauft werden.

Was gesprochenes Wort wert ist, habe ich erlebt. Ob Arbeiter oder Akademiker - Lügen, Intrigen und Unwahrheiten durch das gesprochene Wort sind heute Bestandteil des täglichen Lebens. Dessen bewusst entstehen diese Zeilen auch als Dank für die vielen Menschen, die mir in einer sehr schwierigen Zeit geholfen haben. Danke liebe Freunde, Kollegen und Familie. Besonderen Dank an meine liebe Frau Marion und Sohn Markus. Diesen beiden Menschen ist das Buch gewidmet.

Tendenziell werden hier Sachen stehen, die aus negativen Erinnerungen stammen, entstanden aus der Notwendigkeit, aus vielen Bruchstücken ein nachvollziehbares Ganzes zu erhalten. Eigentlich ein persönliches, also uninteressantes Einzelschicksal. Allein das Wort Einzelschicksal ist schon menschenverachtend. Es bedeutet, dass es zwar sehr schade ist, dass da was nicht passt, aber man gefälligst selbstständig eine Lösung finden muss, weil mit diesem Problem allein und andere Menschen ein solches Problem nicht haben.

Aber in vielen Gesprächen habe ich erfahren, dass kein Einzelschicksal vorliegt, sondern das System sich selbst überholt hat. Das hat nun das Individuum (Wikipedia schreibt: Im Allgemeinen ist ein Individuum ein Etwas, das denken kann, und spezieller: Ein Ding mit einem Bewusstsein) davon, dass es so individuell ist. Es interessiert sich nur noch für eigene Vorteile und vergisst hierbei absolut die Notwendigkeit der Gemeinschaft.

Es erwartet den Leser eine interessante Geschichte, mit dem Anspruch, das heutige Management in Frage zu stellen. Es wird von Arbeitern und Führungskräften berichtet und das Ergebnis haben, dass man sich von Luft tatsächlich ernähren kann. Aber auch der gemeine Arbeiter bekommt sein Fett weg. Es kann nicht nur unfähige Bosse geben, sondern auch unfähige Untergebene, die solchen Unsinn mit sich machen lassen.

Natürlich gibt es in einem Arbeitsleben in dieser fiktiven Firma nicht nur fürchterliche Erlebnisse, sondern meine Erzählung soll den Wandel der Wertigkeit von Menschen beleuchten, die einmal das "Gold der Wirtschaft" waren - den Arbeitern. Mir ist schon bekannt, dass wir das Zeitalter der Maschi-

nen haben und auch Computer sind nicht wegzudenken, doch wird dabei der Mensch völlig vergessen. Pervers wird es, wenn Menschen dadurch ihr Geld verdienen, dass sie andere Menschen entbehrlich machen.
Ohne aber die allgemeine Entwicklung der Weltwirtschaft zu sehen, wäre diese Geschichte zu einseitig. Natürlich weht allgemein ein scharfer Wind - die Auswirkungen wird man hier lesen können, aber auch warum der Sturm selbst entfacht wurde. Eine Geschichte für Arbeiter und Führungskräfte.

Die Handlung ist frei erfunden, Personen nicht real, Firmennamen Schall und Rauch. Wenn sich Leser angesprochen fühlen, ist das nicht das Problem des Autors und auch nicht beabsichtigt. Wer meint, sich mit gewissen Handlungen identifizieren zu müssen, darf es gern tun.
Bewusst wird hier auf künstlerische Spielereien verzichtet und werden nicht mehrere Handlungen gleichzeitig erzählt, da die Story auf schmückendes Beiwerk verzichten kann.

Diese Geschichte ist auf viele Arbeitnehmer und Arbeitgeber übertragbar. Traurig, aber nicht ohne Hoffnung. Ändern wird dieses Buch das System nicht, sondern entzaubern. Wer ist eigentlich dressiert? Der Affe, der auf den Knopf drückt, oder der Professor, der dann immer eine Banane gibt? Richtig, es kommt auf den Betrachter an. Haben aber beide Betrachter dasselbe Ziel, wird es Zeit, sich auf einen Betrachtungswinkel zu einigen. Dazu möchte ich beitragen und anregen, dass sich Gedanken zu dem Thema Arbeit und Mensch gemacht werden. Allein dann hätte dieser Text schon was bewegt.

Das Buch spricht von schlauen und dummen Menschen, wobei ich mich nicht automatisch zu den Schlaumeiern zählen werde. Nicht, weil ich blöd bin, sondern darstellen möchte, wie man heute in eine Ecke gedrückt werden kann und die Tatsache, ob man dumm oder schlau ist, nicht von der Bildung oder Stellung abhängig ist.

Dieses Buch ist keine Abrechnung mit einer Firma, sondern soll zwischen zwei Fronten vermitteln. Ein Angebot also und nur sinnvoll, wenn die Intelligenz auch Veränderungen zulässt.

Gleichzeitig wird man erkennen, was heute ein einzelner Mensch wert ist und was ein Überangebot an Arbeitskräften für Auswirkungen auf die Wertigkeit des Einzelnen hat.

Beginn

Eigentlich ist der Beginn immer auch ein Anfang, doch in diesem Fall hat unser fiktiver Arbeiter, in dessen Rolle ich hier schlüpfe, schon etwas geleistet. Schule und Lehre überspringen wir, und so sind wir nun im 18. Lebensjahr - in der großen Fabrik. Über die Kindheit und Jugend werde ich an anderer Stelle noch berichten. Einfach überspringen soll nicht bedeuten, dass es unwichtig wäre, sondern in diesem Fall einfach den Rahmen sprengen würde.

Die Beweggründe, in der Fabrik anzufangen sind ohne Bedeutung - in dieser Erzählung wenigstens - und auch heute nicht mehr nachvollziehbar. Lernt der Kerl einen Beruf und geht in die Fabrik. Diesen Schritt wird 25 Jahre später ein Psychologe erklären müssen. Ändern wird man da nichts mehr können, aber verstehen hilft schon deutlich. Aus heutiger Sicht habe ich keine Schuld an der Entwicklung gehabt, weil hier Faktoren mitspielen, die erst Jahrzehnte später aufgeklärt werden. Alle Dinge im Leben sind begründet und haben eine Ursache. Sehen wir mal von Krankheit ab, werden wir gelenkt. Es müssen nicht immer die Eltern sein, denn auch die Umwelt prägt.

Wenn einem die Eltern die Schulbildung verwehren, die man verdient und auch spielend geschafft hätte, ist das so ein Umstand, der ursächlich für den weiteren Lebensweg ist. Diesen Umstand begreifen heutige Jugendliche leider nicht immer. Wissen ist Macht, und nichts wissen macht nix ist doch immer noch weit verbreitet in den Köpfen. Aber als dummer Gangster hat man keine Chance gegen die schlaue Polizei.
Wenn schon nur Minimalschulbildung erlaubt war, durfte ich wenigstens einen Handwerksberuf lernen, wobei die drei Jahre

Berufsschule wohl das Härteste war, was ich mir bis dahin gegeben hatte.
Interessant, wenn man da sitzt und der Lehrer muss bei den Grundrechenarten anfangen, weil die Hälfte der Klasse nicht mal das kleine Einmaleins beherrscht. Das nur am Rande ... denn es gab damals Berufe, die gern von jungen Menschen gelernt wurden, die aus heutiger Sicht mit dem schlechten Zeugnis sich jede Bewerbung sparen könnten. Das ist jetzt nicht abwertend zu sehen, denn es kamen durchaus brauchbare Automechaniker, Verkäuferinnen oder Friseurinnen dabei heraus.

Aber ich setze nicht hier an, sondern bin schon einige Jahre weiter. Was Industrie wirklich bedeutet, konnte ich damals nicht überblicken. Es kann kein Mensch ahnen, was es bedeutet, weil es wider jede Natur ist.
Vollkontinuierliches Schichtsystem, also auch nachts, sonntags und feiertags. Keine Ahnung, was mich da erwartet, und überhaupt, Vater und Bruder machen auch Schicht in dieser Firma. So sah es meine dominante Mutter als wünschenswertes Lebensziel für mich, in der Fabrik den Erfolgen meiner näheren Verwandtschaft nachzueifern. Was es da nachzueifern gab, ist mir aus heutiger Sicht nicht ganz klar, denn beide haben die Firma so verlassen, wie sie in der Firma begonnen hatten – als Schütze Arsch im letzten Glied. Allerdings hat mir kein Mensch gesagt, was es bedeutet, im Chor der gescheiterten Existenzen sein Dasein zu fristen.
Die haben dann gepennt, wenn was los war und waren wach, wenn es keinen Mensch interessiert hat. Die Kohle hat aber gestimmt, wie ich selbst schon als Kind die Lage gepeilt hatte. Ich betone immer wieder, dass es absolut unverständlich ist, ohne Not diese Arbeitsstelle anzutreten. Mein Wissen über die Nachtschicht beschränkte sich auf das Vorhandensein einer

Kneipe, wo Vater und Bruder morgens ein Bierchen kippten. Zum Frühstück brachte mein Vater dann immer eine Rindswurst mit. Jahre später sollte ich diese geniale Rindswurst direkt vom Grill essen können. Hätte ich lieber auf diese blöde Wurst verzichtet ...

Als Handwerker wollte ich erst einen normalen Job in den Werkstätten der Firma haben, was eigentlich nahe liegt. Leider waren zu viel Bewerber vorgemerkt, und so folgte ich den Spuren von Vater und Bruder auf dem Weg in Niederungen der Selbstwertigkeit. Warum ist mir heute noch unklar – ich habe es sogar freiwillig gemacht.

Jeder normale Mensch mit etwas Lebenserfahrung hätte an dieser Stelle einen anderen Weg eingeschlagen. Aber da die Lebenserfahrung von Vater, Bruder und mir nur aus den Anweisungen meiner Mutter gespeist wurde, musste hier die falsche Abfahrt gewählt werden. Ich hätte es wissen müssen, denn natürlich bedeutet ein Nein nicht nein, wenn man Beziehungen hat - das berühmte Vitamin B.

So war die Anmeldeliste von Bewerbern für einen Arbeitsplatz in den verschiedenen Werkstätten der Firma mehrere Seiten lang. Wenn diese Liste in der Reihenfolge der Eingänge abgearbeitet würde, konnte ich mir ausrechnen, dass ich diesen Arbeitsplatz selbst nicht mehr antreten werde und ob die Stellung vererbbar ist, war mir damals absolut gleichgültig. Für die Vorstellung, dass jede Liste in diesem Land nicht das Papier wert ist, mit welchem sie erstellt wurde, fehlte es mir wie schon beschrieben, an Lebenserfahrung.

Welchen Stellenwert ein Kumpel aus dem Gartenverein oder eine Runde Bier in der richtigen Kneipe haben kann, war für mich unbekannt und unvorstellbar. Aus dem Handwerk kannte ich nur Leistung und Können, was von Menschen beurteilt wurde, die ebenfalls über Können verfügen. Doch hier war es anders, und der Leser wird nicht ganz verstehen, warum ich zu den Handwerkern wollte, denn immerhin war ich doch nun in der Firma und Geld ist Geld.

Um ehrlich zu sein - so dachte ich zu diesem Zeitpunkt auch, denn woher hätte ich wissen sollen, dass es selbst unter einfachsten Mitarbeitern einer Fabrik gewaltige Unterschiede in der Wertigkeit gibt. Damals war ein Schlosser oder Elektriker bestens angesehen, und auch der Verdienst war wesentlich höher. Wir werden noch lesen, warum Handwerker so wichtig waren. Da weder mein Bruder noch mein Vater mich auf solche Dinge hingewiesen haben, deutet es darauf hin, dass ihnen wohl solche Informationen verborgen blieben. Das ist nicht abwertend gemeint, da ich meinen Bruder in diesem Betrieb einige Jahre später einmal besucht habe. Tiefstes Mittelalter ... mehr möchte ich dazu nicht sagen. Da haben nur noch die buckligen Sklaven und die Aufseher mit Peitsche und Ledermaske gefehlt.

Also erst in einem Produktionsbetrieb angefangen und anstatt auf eine göttliche Fügung in der überfüllten Handwerkerliste zu vertrauen, habe ich mich von der Liste streichen lassen. Dumm, dümmer, ich – denn ich wäre binnen weniger Monate bei den Handwerkern gewesen. Hätte, hätte, vielleicht usw. sind vorbei und wieder auf einer Kreuzung falsch abgebogen.

Doch kommen wir zum ersten Tag in der Fabrik.

Auch wenn es unglaubwürdig klingen sollte, hatte ich keinen blassen Dunst, was mich an meinem neuen Arbeitsplatz erwartet. Keine Ahnung, was ich dort überhaupt machen muss, und von dem herzustellenden Produkt hatte ich noch nie gehört.

Um Missverständnissen vorzubeugen sei gesagt, dass es nicht die Schuld der Fabrik ist, dass ich dort nun anfange. Auch die Tatsache dort völlig und informiert anzutreten ist meine eigene Schuld. Im Nachhinein wurde mir klar, dass es nicht um meine berufliche Karriere geht, sondern um die Erfüllung der Vorstellungen meiner Mutter. Der letzte Sohn sicher untergebracht in der großen Fabrik sollte für Sie die Erfüllung ihrer Pläne für meine Zukunft sein. Vater, Bruder und nun auch noch der kleine Sohn in der Fabrik. Es mag an der beschränkten Denkweise meine Eltern gelegen haben, dass der Gedanke an eine höhere Schulbildung, verbunden mit einem Studium und einer anschließenden Karriere völlig undenkbar waren. In deren Weltbild gab es die besseren und uns. Es überstieg deren Vorstellungskraft, jemanden von uns in der Welt der Besseren zu sehen. Wir waren Arbeiter, wir sind Arbeiter, und wir bleiben Arbeiter. Diesen Satz habe ich sehr oft hören können, denn natürlich ist es vielen Lehrern aufgefallen, dass ich im falschen Schulzweig war. Es gibt viele Dinge, die man seinen Kindern antun kann. Verweigerung von Bildung gehört dazu.

Hatte ich überhaupt begriffen, dass es hier um kein Spiel, sondern um den Scheidepunkt in meinem Leben geht? Ich war schon an einigen Weggabeln falsch abgebogen und geriet nun - aus heutiger Sicht - als Geisterfahrer im Rückwärtsgang auf den Weg in eine Sackgasse, ohne Aussicht, den rechten Weg je wieder zu erreichen. Das hört sich geschwollen an, beschreibt jedoch die Lage sehr genau. Falsches Abbiegen sollte auch so ein roter Faden in meinem Leben werden, und so ist es auch nicht verwunderlich, dass ich hier eine Stelle antrat, ohne Informationen zu haben. Das war noch nie anders bei mir, und meine Mutter hatte immer die Hand im Spiel, und wenn die

gesagt hätte, dass ich in die Antarktis als Kühlschrankverkäufen gehen soll, hätte ich es gemacht.
So kam ich übrigens auch damals zu meiner Lehrstelle, als ich mit meiner Mutter beim Einkaufen unterwegs war. In drei Monaten sollte meine Schulzeit erledigt sein, und so fragte mich meine Mutter, was ich denn lernen möchte. Ich hätte mir was in der Richtung Bankkaufmann gedacht oder aber weiter auf eine Berufsfachschule zu gehen. Ich litt nie an Selbstüberschätzung, eher das Gegenteil, doch dieser Weg hätte mir gut gestanden. Es kam anders, denn wir gingen gerade an einer Autowerkstatt vorbei, und ich sagte einfach aus Blödsinn, dass mir nach Automechaniker der Sinn stehen würde.
Zwei Minuten später, mit Einkaufstüten bepackt, standen wir dem Werkstattbesitzer gegenüber, und weitere zwei Minuten später hatte ich eine Lehrstelle. Ich war mehr der musisch und künstlerisch veranlagte – und nun das Elend. Zum Glück sind wir in dem Moment nicht bei einem Bestatter vorbeigelaufen, denn mir stehen keine schwarzen Anzüge. Ergänzend sei gesagt, dass ich keinerlei Ahnung von Motoren und Autos hatte und Mechanik nie mein Ding war. Heute kann ich rückblickend sagen, dass es mit Anstand der falscheste Beruf war, den mir meine Mutter aufs Auge drücken konnte. Soviel zur Lebensplanung und Abwägung von Interessen und Neigungen und der Fürsorge meiner lieben Mutter.

Ich denke noch an die Bemerkungen, als ein Geselle aus meiner Autowerkstatt als Endkontrolleur in ein Autowerk wechselte. In die Fabrik – das war unter aller Würde, auch wenn man in seinem erlernten Beruf arbeitet. Das macht man einfach nicht. Diese Entwürdigung wurde übrigens in dieser Zeit saugut bezahlt. Hier ging es nicht um hundert Mark, sondern um richtige Kohle. Man kann es aus damaliger Sicht mit dem

Gang zur Müllabfuhr vergleichen. Gut bezahlt, aber unter aller Würde. Wie sich doch die Zeiten ändern sollten ...
Aber zu dieser Zeit konnte man sich aussuchen, was man lernen oder arbeiten möchte. Das fette Wirtschaftswunder hat unsere Eltern verwöhnt, und ein Job bei der Müllabfuhr war was für Ausländer. Überhaupt war Dienstleistung etwas für Ausländer, die sich nicht zu schade waren, auch mal eine Toilette zu putzen. Diesen Umstand ließen sich unsere Eltern richtig Geld kosten, was auch kein Problem war. Geld wurde genug verdient und auch unsere lieben Ausländer - oder sollte ich Gastarbeiter sagen - verdienten nicht schlecht, weil die unbeliebten Arbeitsplätze mit hoher Entlohnung locken mussten.
Unsere Eltern dachten, das Paradies gefunden zu haben, und die Kameltreiber machen schon den Rest. Ich komme auf Kameltreiber, weil mir da eine Story einfällt, die ich zwei Jahre später am Arbeitsplatz erlebt habe. Dort titulierte ein alter, ungelernter Fabrikarbeiter mit Hauptschulabschluß immer einen jungen Türken als dummen Kameltreiber. Eines Tages zückte der Junge seine Studienbescheinigung. Er war Berufsschullehrer mit Zulassung in der Türkei und in Deutschland - aber aus politischen Gründen in der Fabrik abgetaucht. Das alte Arschloch hat nie wieder das Wort Kameltreiber in den Mund genommen.
Es ist meine Generation, die gelernt hat, das es keine Ausländer gibt, sondern nur Menschen. Die weitere Entwicklung sollte meiner Generation Recht geben. Heute wären viele Deutsche froh, einen Job bei der Müllabfuhr zu bekommen, und woher der Arzt im Krankenhaus kommt, der mir kompetent hilft, ist mir gleich. Ich habe über 30 Jahre mit ausländischen Menschen zusammengearbeitet und kann dieses ganze Gerede von Multikulti nicht mehr hören. Wie schon er-

wähnt habe ich mit Menschen zusammen gearbeitet und habe mehr unterschieden in freundliche und unfreundliche Kollegen. Ein weiteres Kriterium zur Unterscheidung war faul oder fleißig, begabt oder unbegabt. Ich konnte nie einen Zusammenhang zwischen Nationalität, Glauben oder Hautfarbe für die Zuordnung eines dieser Attribute erkennen. Ich hatte in den vielen Jahren mit interessanten Menschen, mit dummen und mit klugen Menschen, mit ehrlichen und unehrlichen Menschen zu tun. Wie gesagt, alle diese positiven und negativen Merkmale habe ich auch bei meinen deutschen Kollegen erleben können. Ich finde es halt nur schade, das aus parteipolitischen Beweggründen von bildungsfernen Politikern unsinnige Diskussionen geführt werden, die weit an der Thematik vorbeigehen.

Aber ich wollte eigentlich deutlich machen, dass ich nicht in die Fabrik geprügelt wurde. Konsequenz war und wird immer mein Schwachpunkt bleiben, und wenn meine Mutter meinte, dass ihr Söhnchen zu Papi und Bruder in die Fabrik soll, dann macht Söhnchen das auch. Bruder und ich haben das ganze Leben immer gemacht, was Mami wollte, und der Hammer an der Geschichte ist, dass Mami bis heute nicht gerafft hat, was sie uns angetan hat. Aber aus dieser Geschichte wird vielleicht einmal ein eigenes Buch, da es den Rahmen hier sprengen würde und auch das Thema deutlich verlassen würde.

Der Tag der Wahrheit war also gekommen, und ich stand in der großen Fabrik. Die Eindrücke der Verlorenheit, ja fast Angst, in dieser großen Fabrik mit den vielen Gebäuden sind wohl übertrieben, aber so ein Werk hat schon gewaltige Dimensionen. Straßen breiter als die Hauptstraße in der Stadt und eigenes Eisenbahnnetz. Riesige Ungetüme von Staplern fuhren geschäftig durch das Werk. Ich hatte den Eindruck, dass es in diesem Gewusel niemals ein System geben könne. Uniformierte Werkschützer standen an den Toren. Manche waren zu dieser Zeit sogar mit Hunden unterwegs und hatten für den Notfall auch Schusswaffen parat. Hier war ich in eine andere Welt geraten, die eigene Gesetze hatte. Das mit den Gesetzen sollte ich erst viel später richtig begreifen.

Die vielen Rohre und dampfenden Leitungen und zum Teil düsteren Gebäude waren einfach unheimlich. Da gab es dunkle Gegenden, die mich an diese billigen Gangsterfilme aus Amerika erinnerten, wo in heruntergekommenen Backsteinbauten mit dampfenden Rohren und tropfenden Leitungen die Gangster ihre Leichen versteckt haben. Diese hässlichen Monster standen mitten in einem modernen Werk und produzierten tatsächlich. Auf den Inhalt kommt es wohl an.

Nun gut - hier bin ich ...

Der erste Arbeitstag in der Firma war zur normalen Arbeitszeit, also auf Normalschicht und diente der Einkleidung und einer allgemeinen Führung durch den Obermeister. Der Betrieb wurde von drei Schichtbesatzungen rund um die Uhr betrieben. Einige Männer auf Normalschicht waren für den Papierkrieg und die Ingenieurstechnik zuständig. Dieser Obermeister auf Normalschicht war der Vorgesetzte der jeweiligen Meister auf Schicht, also der Schichtmeister. Das Berufsbild der Meister in der Industrie war damals erst in der Entstehung, und so gab es „Firmenmeister", die vor dem Werkstor ohne Beruf waren und im Werk den lieben Gott spielen durften. Dinge wie Menschenführung oder andere Anwandelungen in Richtung korrekter Umgang mit Menschen war eine Seltenheit in dieser Zeit.

Dass ich diesem Obermeister meine Anwesenheit hier verdanken durfte, habe ich erst nach Jahren erfahren. Das war der Mensch, der mit dem Obermeister aus dem Betrieb meines Vaters in der Kantine zusammen Mittagessen einnahm. So kam ich überhaupt in diese Firma, denn eigentlich wurden damals keine neuen Mitarbeiter eingestellt. Einen Arbeitsplatz trotz Einstellungsstopp zu bekommen war zu dieser Zeit normal. Voraussetzung war ein Gesellenbrief aus einem technischen Beruf, wie Autoschlosser oder Elektriker. Lustig war, dass ich den Gesellenbrief nicht einmal zeigen musste. Eine kleine Rechenaufgabe in Form fünf plus sieben langten zum Beweis, eine Schule von innen gesehen zu haben. Einen kleinen Rechtschreibtest ersparte man mir. Man unterstellte mir, mich in Wort und Schrift ausdrücken zu können.

Hört sich an, als würde ich mich lustig machen, doch sind diese Prüfungen sehr wichtig. Leider wurde hier auch geschlampt, denn es wurden tatsächlich auch Analphabeten eingestellt, die sich hier geschickt durchgemogelt hatten.

Vor einigen Jahren konnten auch Metzger, Maurer und Bäcker anfangen, früher war Voraussetzung, gerade aus den Augen schauen zu können.

Übrigens war und ist die Kantine ein sehr wichtiger Teil des Werkes, und damit meine ich nicht nur die Nahrungsaufnahme. Was bei Industriellen der Golfplatz, ist für die leitenden Angestellten und Menschen die wichtig sind oder sich wichtig fühlen, die Kantine. Hier war der Platz, an dem man einfach nur beobachten musste, wer mit wem immer an einem Tisch sitzt und wer da die Federführung hat. Die Kantine ist also der Golfplatz des kleinen Mannes.

Vor meiner Einstellung hier hatte ich auch den Werksarzt passiert, der wohl nicht anders konnte, als meine Tauglichkeit zu bestätigen. Dieser alte Herr wirkte völlig desorientiert und schaute durch mich hindurch, während er monoton mit mir sprach. Denke, dass es sich hier um keinen echten Menschen gehandelt hatte, sondern um einen Roboter. Oder lag es an der Tatsache, dass der arme Kerl schon bei tausenden Neulingen diese Untersuchung gemacht hatte? Man könnte es als unwirklich bezeichnen, was da passierte.
Ich war in der Lage die Tafel an der Wand zu erkennen und habe den Doktor gehört, als mir einige Wörter zugeflüstert wurden. Nachdem ich drei Schritte halbwegs aufrecht gehen konnte, war der Fall amtlich - ich war ein gesunder Schichtarbeiter. So war es halt damals. Das lag nun nicht an dem Werksarzt, sondern eher an dem Umstand, dass das Thema Arbeitsmedizin noch in den Kinderschuhen steckte. Gleiches galt für Umweltschutz und Arbeitssicherheit.
Heute sind da richtige Untersuchungen nötig, und es könnte so manchen Auszubildenden mehr geben, wenn die Jugend, wie wir damals, sich auf Onanie und mal ein Bierchen beschränken würde. Diese Dummköpfe knallen sich am Vorabend noch mit den Exponaten vom Dealer ihres Vertrauens die Birne zu und denken, der Werksarzt wird schon kein Screening machen. Schade, schade, schade ...
Diese Untersuchung war keine Untersuchung und eigentlich sehr schade. Es wurde eine Chance vertan, die mich viele Jahre später fast das Leben kosten wird. Ich betone, dass es nicht diese Untersuchung war, die an meinem Schicksal schuld ist, sondern nur eine von vielen vertanen Chancen in Sachen gesundheitlicher Vorsorge.
Doch wir waren ja schon weiter, und so stand ich meinem Obermeister auf Normalschicht gegenüber. Der Typ hat mich

angeschaut, und mir war klar - hier gehen die Uhren anders. Mir war nur noch nicht klar, was hier anders war und dass Uhren auch rückwärts gehen können.

Ich war Handwerker und gewohnt, hochwertige Arbeit abzuliefern. Meinen Meister habe ich in meiner gesamten Lehrzeit niemals angesprochen, da fachliche Unklarheiten unter den Gesellen geklärt wurden. Erst dann wäre der Meister zum Einsatz gekommen. Ein Meister war also ein Vorbild in fachlicher Hinsicht und menschlich ohne Tadel. Nun hatte ich das Glück in einem kleinen Handwerksbetrieb zu lernen, in dem ein Meister eine noch größere Stellung hatte. So ein Mann war Chef, Vater, Gott und Priester in Personalunion.
Aber hier sorgt der Obermeister dafür, dass ich den richtigen Spindschlüssel bekomme? Nun ja - ich war in der Industrie, und der bestbezahlte Mann in dieser riesigen Halle geht mit mir spazieren und erklärt mir, wo die Toiletten sind. Das soll nicht abwertend sein, denn zu wissen wo die Toiletten sind, ist sehr wichtig. Aber meine Gedankengänge waren schon etwas wirr, denn ich kannte den Unterschied zwischen einem Meister und diesen Operettenkaspern noch nicht. Vorab kann ich schon berichten, dass diese unterschiedliche Betrachtungsweise entfällt, wenn man nicht so streng nach dem Leistungsprinzip urteilt. Können und menschliche Eignung sind in einer kleinen Werkstatt zwingend nötig. Aber hier, ich sagte es schon, herrschen andere Gesetze. Denke nicht, dass es ein erkennbares System gibt, welches bei der Besetzung von Führungskräften aufgerufen werden könnte. Nein, die Beweggründe sind viel einfacher. Ich werde es noch zu spüren bekommen.
Um kurz vor 9 Uhr wurde ich in einen riesigen Aufenthaltsraum gesteckt und gebeten, nach dem Frühstück wieder in das

Büro des Obermeisters zu kommen. Kein Problem, denn ein Wurstbrot könnte jetzt nicht schaden, und so saß ich mit etlichen anderen Mitarbeitern im Pausenraum.
Ein riesiger Raum mit einigen Reihen von Holzbänken und Tischen. Eingerahmt von Taschenspinden, einem Kühlschrank und einem gigantischen Wärmeofen. Mikrowelle gab es noch nicht und würde auch keinen halben Hammel größentechnisch verkraften. Ein Waschbecken und ein Heißwassergerät gehörten ebenfalls zur Ausstattung. Was mir besonders ins Auge stach, war der vergammelte Zustand von diesem Loch, wobei diese Beschreibung noch sehr human ist. Eigentlich war es ein Dreckloch. Aufenthaltsräume sollen keine tollen Oasen der Erholung mit Langzeitcharakter sein, sondern dem Mitarbeiter Platz für seine begrenzte Pause bieten. Aber Hygiene war eigentlich nicht verboten und ich wunderte mich doch stark, denn ich komme ja aus einem kleinen Handwerksbetrieb. Da bin ich eine halbe Stunde für Frühstück und Mittag durch die Werkstatt, und habe die Leute gefragt, was ich einkaufen soll. Ja, Saustift ging einkaufen – das Wort Auszubildende gab es nur in großen Betrieben.
Natürlich nahmen die Gesellen keine Rücksicht auf den Saustift, und so musste die Fleischwurst von dem Metzger sein und die Fleischwurst für den nächsten Gesellen von einem anderen Metzger. Die Gurke aus dem Fischgeschäft wurde nur am Freitag gewünscht, wenn die Schlange bis auf die Straße stand. Die Bratwurst aus der berühmten Frühkneipe und die Milch aus dem damals vorhandenen Milchgeschäft und Brötchen vom Bäcker war logisch. Die billigen Fehlfarben-Zigarren für den Lageristen aus dem Tabakladen machten den Bock auch nicht mehr fett. Natürlich musste man die Gesellen mehrmals anlaufen, weil sie unschlüssig waren, was sie wollten. Nicht schlimm, denn man hatte ja 30 Minuten Zeit. Punkt

9 oder 12 lag die Bestellung auf dem Tisch, das Wechselgeld daneben, und Aufenthaltsraum und Waschraum waren geschrubbt. Was man in 30 Minuten packen sollte, da es sonst durchaus zu körperlichen Verweisen kommen konnte oder man einfach unter die Dusche gestellt wurde. Natürlich gibt es keine Zauberei, und es ist unmöglich zu schaffen, und doch hat jeder Lehrling es nach einer Woche geschafft (oder nie). Die Gurke schon am Vortag bezahlt und per Wurfgeschoss entgegengenommen, in der Drogerie nebenan gab es nicht nur Getränke, sondern auch die Milch, und keiner der Gesellen hat gemerkt, dass die Fleischwurst vom selben Metzger war, weil neutral verpackt. Dass die Geschäfte auf die Päckchen immer 20 Pfennig mehr als Preis draufgeschrieben haben, war Verhandlungssache. Es war geduldet und geradezu erwartet worden, dass der Saustift sich sein Frühstück so finanziert. Hab ich gemacht und kam wunderbar mit der Zeit aus. So lernt man, effektiv mit Zeit umzugehen und Arbeitsabläufe zu optimieren. Aber kommen wir zur Fabrik und der ersten Begegnung mit diesem versifften Sozialraum ...

Ach du Scheiße - was war hier los. Eine Ansammlung von Charakterköpfen und Gesichtern, die nur eine Mutter lieben könnte. Gesichter von Männern, die vom Leben gezeichnet sind und nicht der allgemeinen Norm entsprachen. Der eine Typ meinte, er wäre Chef von Geisterbahn. Hätte er nicht sagen müssen - habe ich selbst gesehen.

Die erste verbale Kontaktaufnahme gestaltete sich sehr einfach, indem ich die Frage eines bärtigen Griechen, ob ich schon mal richtig gebumst hätte, mit einem Nicken bejahte. Er war zufrieden, und was die Kollegen dazu meinten, verstand ich nicht, da als Zweitsprache an meiner Schule nur Englisch

gelehrt wurde. Eine Sprache übrigens, die mir in meinem Leben nie etwas gebracht hat. Türkisch wäre nützlicher gewesen. Ich wurde gemustert, wobei sich die Betrachter nicht ganz einig über mich waren. „Du Student?" war die nächste, etwas zögernde Frage. Ich schüttelte den Kopf und erklärte, dass ich fortan hier arbeiten werde. Das ist sehr wichtig, denn Studenten usw. könnten auch Spione sein oder auch eine spätere Führungskraft im Betrieb. Da muss man vorsichtig sein, was man sagt. Aber genau diese Gefahr ging nicht von mir aus. Warum die mich aber anschauten und immer wieder laut lachten, machte mir schon ein paar Gedanken. Hatte ich da einen Popel an der Wange? Die werden schon einen Grund gehabt haben.
Ein weiterer Grieche kam hinzu, und ich ahnte, was nun kommt. Es war der Vater einer Schulfreundin und genau dieser Mensch hat mich immer mit Schimpf und Schande aus dem Haus gejagt, weil wir zu laut waren und seinen Schlaf gestört haben. Pennt am hellen Tag - was soll der Unsinn. Das Mädel hatte nie gesagt, dass der Vater Schichtarbeiter ist. Ich hätte es verstanden, da ich es von meinem Vater nicht anders kannte. Hat sich das Mädel geschämt?
Wie klein die Welt doch ist. Zum Glück war es ein sehr freundlicher Mensch, und er begrüßte mich entsprechend. Dann wies er seine Landsleute an, mich in Ruhe zu lassen, was mit leichtem Murren hingenommen wurde. Ich hatte mein Brot auch schon aufgegessen und machte mich auf den Weg zum Obermeister. Die Eindrücke von eben hatte ich noch nicht richtig verdaut. Man sah mir meine Hilflosigkeit bestimmt auch an. Ich also im Treppenhaus nach oben – klar, Chef muss von oben residieren.

Das war der Beginn einer angespannten Beziehung - denn ich

sollte in wenigen Minuten einen großen Fehler machen. Einen Fehler, den man nicht mehr reparieren konnte und der mich erst einmal sämtliche Sympathiepunkte kosten sollte. Man hat mich auch nicht gewarnt, und mir mangelte es an Lebenserfahrung, um die Tragweite meiner Handlungen immer schon vorher erkennen zu können. Ich könnte an dieser Stelle noch ewig nach Ausflüchten suchen - doch, es muss raus:
Ich stand um 9.10 Uhr wieder beim Chef vor der Tür und wollte liebevolle Ansprache habe. Oh Gott - was habe ich gemacht? Fünf Minuten vor der Zeit und der Chef noch mitten in der Lektüre der Tageszeitung, die wutentbrannt in die Schublade geknüllt wurde. Oh, wenn Blicke töten könnten ...
In diesem Moment kam ich bestimmt auf die ewige Fahndungsliste oder in das "Schwarze Buch" ganz oben hin. Was habe ich nur angerichtet. Ich hatte das Heiligste zu einer Zeit betreten, zu der selbst der Leibhaftige noch eine Ehrenrunde gedreht hätte, um nicht vorzeitig die Frühstückspause des Tagesmeisters zu stören. Platsch machte es und ich stand in keinem Fettnäppchen – nein, ich stand in einem Hallenbad mit tranigem Frittenöl. Lustig ist dabei, dass ich absolut nicht merkte, was ich hier angerichtet habe.

Für den Rest des Tages wurde ich einem alten Schichtmitarbeiter übergeben, damit ich bis Feierabend die Zeit herumbekomme. Am nächsten Tag sollte ich dann auf meiner richtigen Schicht um 21.30 Uhr antreten.

Kein Problem, so sagte Karl, der bayrische Schrank von einem Mann und Aufpasser für den Rest der ersten Schicht. "Komm, Bub, wir gehen erst mal einen Jamaika-Kaffee trinken", sagte Karl auf dem Weg zum Pausenraum. Nix geschafft und schon in den Pausenraum? Sind nicht meine Gesetze, und so lernte ich auch einen "Jamaika-Kaffee" kennen. Mehr Rum als ..., oh Gott, wo bin ich hier? Wieso sind hier so viele Menschen im Pausenraum? Warum steht nach einer Viertelstunde niemand auf und geht an die Arbeit? Hat da nicht eben ein kleiner, nett aussehender Grieche eine Flasche Bier getrunken? Warum wird mir so warm im Kopf? Ein paar Humpen Bier waren kein Problem für mich, doch dass man von Kaffee so viel Spaß an die Backen bekommen kann, war mir neu. Nicht mal unangenehm, doch arbeiten mit Koordination von Händen und Kopf kann man in diesem Zustand vergessen. Zumindest war es zu diesem Zeitpunkt meine Meinung. Was die Arbeitsfähigkeit unter Alkohol angeht, sollte ich meine Anschauung deutlich revidieren müssen. Aber wie gesagt, war mir die Situation im Moment nicht unangenehm und überhaupt war mir eigentlich alles absolut egal – ja scheißegal.

Mit hochroter Birne und leicht beschwingt leitete Karl noch eine Führung durch den Produktionsraum und machte mich mit den wichtigsten Gesetzen des Betriebes vertraut.

Niemals hektisch werden und übereifrigen Kollegen aus dem Weg gehen habe Priorität. Wer hektisch sei, versuche nur seine Blödheit zu überspielen. Wer zu schnell arbeite, mache Fehler und bekomme Prämie abgezogen usw. usw. usw. Und überhaupt solle man nicht alle Dinge so ernst nehmen. Die Meister hätten die geringste Ahnung, und der Chef der Ahnungslosen sei der Obermeister. Und überhaupt müsse man erst wieder einen "Jamaika-Kaffee" trinken.

Interessant, was man so als junger Mensch an Informationen verarbeiten muss und eigentlich nur Bahnhof versteht.

Bei der Gelegenheit lernte ich die Gastfreundlichkeit der Kollegen kennen - und war bis zum Feierabend stinkbesoffen. Was mir Karl nicht schon an Überlebensweisheiten erzählt

hatte, erfuhr ich nun von den anderen Mitarbeitern – wobei ich mich gegen das Wort Mitarbeiter sträubte, denn mit Arbeit hatte es heute nichts zu tun. Aber dafür hatte ich den absoluten Durchblick und wusste, wer doof ist und wer oberdoof ist. Und immer an der Wand lang ... und keinen Handschlag gearbeitet - genial. Zum Glück musste ich in diesem Zustand nicht nach Hause laufen, denn ich hatte ja ein Auto ... dieses tolle Gerät, welches mich noch öfter retten sollte.
An dieser Stelle möchte ich auf die Gastfreundschaft der ausländischen Kollegen etwas tiefer eingehen. Es verdient einige Zeilen, weil in unserem Land gewisse Stimmungen aus Unwissenheit geschürt werden.
Fakt ist, dass es selbstverständlich für diese Menschen war, einem etwas von ihrem Essen anzubieten. Nicht um eine höfliche Floskel in den Raum zu stellen, sondern um sich zu freuen, wenn man einen Happen angenommen hat. Man achte auf die Feinheiten, denn was anbieten ist kein Problem. Dann aber gerne teilen – das habe ich erlebt und so Speisen kennengelernt, bei denen mir noch heute das Wasser im Mund zusammenläuft. Es war Standard, dass sich diese Ausländer niemals eine Zigarette angesteckt haben, ohne dem Umfeld ebenfalls einen Glimmstengel anzubieten. Hat er sich die letzte Zigarette aus dem Päckchen genommen, wurde direkt das nächste Päckchen geöffnet, um anbieten zu können und erst dann angesteckt. Sie haben gern gegeben, und die Leute waren so und sind auch noch so.
Schlimm wurde es, wenn ich unseren Griechen in der Freizeit begegnet bin, oder gar in einem Lokal. Einige Leute würden es ausnutzen, aber mir war es fast peinlich, doch man hat keine Chance gegen diese Gastfreundschaft, ohne die Leute zu beleidigen. Das artete manchmal in Fress- und Saufgelagen aus, wobei sich das nun nicht nur auf die Griechen beschränkt, son-

dern durch alle Nationalitäten zieht. Nur die Getränke sind dann unterschiedlich, denn auch Spanier, Portugiesen oder Türken stehen da nicht zurück. Ich durfte sehr feine Menschen und Familien kennenlernen und wurde als Mensch aufgenommen. Zu meiner Schande muss ich gestehen, dass ich mehr genommen hatte, aber eigentlich nicht die Chance hatte, 1:1 zurückzugeben. Gern denke ich an diese feinen Menschen zurück.

Nun, ich hatte also meinen ersten Arbeitstag – oder was man so nennen will – hinter mir und konnte mir immer noch kein Bild davon machen, womit ich danach einige Jahrzehnte meinen Lebensunterhalt verdienen würde.
Vergleichen kann man diese Situation mit dem Bäuerchen, der erstmals in die große Stadt kommt. Er sieht viel, versteht aber fast nichts von den vielen Dingen. Durch die Überflutung an Informationen wird man auch nicht auf die Idee kommen, sich informieren zu wollen. Wo sollte man mit Fragen anfangen und wo aufhören?
Nüchtern betrachtet ist es eine neue Welt, die auch nicht auf Antworten angelegt ist. Deshalb ist es besser, nicht so viel Fragen zu stellen. Industrie schreibt eigene Gesetze ...

Umdenken

Die erste Nachtschicht - und ich war schon am Anfang hundemüde. Vorschlafen, wie es mein Bruder praktizierte, war kein Ding für mich. Ich schlafe aus Müdigkeit und nicht, weil ich in ein paar Stunden auf die Nachtschicht gehe. Ein Problem, das mich mein gesamtes Arbeitsleben begleiten sollte. Auch wenn es gewitzte Arbeitsmediziner nicht gern hören, gibt es kein Schichtsystem in Anlehnung an den natürlichen Rhythmus des menschlichen Körpers, und ein gesundes Schichtsystem gibt es schon gar nicht. Es gibt auch keine Langzeituntersuchungen über die Folgeschäden unterschiedlicher Schichtsysteme. Warum man diese Dinge nicht messen kann, erzähle ich später.

Meine Kollegen heute an meinem ersten Tag hier sehen alle fit aus, aber die sind es wohl gewöhnt. Da stand ich nun als junger Mensch mit 18 Jahren.

Natürlich musste ich mich erst bei meinem Schichtmeister vorstellen, und so fragte ich den gemütlich aussehenden Mann, ob er der Meister Propper sei. Jamaika-Karl vom Vortag meinte, ich würde zum Schichtmeister Propper kommen. Dieser alte Mistbock – natürlich war der Name Meister Propper ein interner Spitzname für den Putzteufel und ich schon in der ersten Minute bis zur Halskrause im Fettnäpfchen. Dass der Mann seinen Spitznamen zu Recht trug, sollte ich am eigenen Leib zu spüren bekommen.

Ich wurde an die "Rentnermaschine" gestellt. Diese Anlage war mit Abstand die älteste Produktionsmaschine in dieser Halle, und am Ende kam ein Produkt raus. Wirklich, aus diesem Schrotthaufen kam was raus. Der Maschinenführer, ein alter Italiener kurz vor der Rente, und die beiden anderen Mitstreiter sahen aus, als hätte man Sie aus dem Ruhestand wieder reaktiviert. Nach zehn Minuten schlief der Erste auch schon ein, und kaum eine halbe Stunde später war ich der Einzige, der wachsam die riesige Anlage bewachte. Riesige Halle, gigantische Maschine und Krach ohne Ende, und ich sollte mich melden, wenn was nicht stimmt. Als Herr über Gedeih und Verderb der Großindustrie fühlte ich mich in einer Anwandlung von Größenwahn. Ich, das wachende Auge über die Technik ...

Man stelle sich eine riesige Fabrikhalle vor, in der sich ein Sportplatz verstecken könnte, und darin einige große Produktionsanlagen. Schnell merkte ich, dass ich auf einer Seite der Halle war, auf der es etwas ruhiger war. Die andere Ecke war richtig hektisch, und Warnhupen und Blinklichter nervten ständig. Ich sah in der Ferne verschwitzte Männer und hektisches Gewusel. Da ging richtig der Punk ab ..., war aber für mich verbotene Zone, weil zu gefährlich.

Was mich aber bewegte, war die Tatsache, dass ich den Nachweis für die Erdrotation gefunden hatte. Wenn man vor solch einer riesigen Maschine, in einer noch riesigeren Halle sitzt, hat man den Eindruck, dass sich die Maschine ganz langsam einige Zentimeter hin- und herbewegt. Ein schreckliches Gefühl, den Naturkräften so deutlich ausgesetzt zu sein. Da sitzt man und denkt plötzlich über Gott nach und die Schöpfung.

Ich war weit von dieser Hektik weg, und jede Stunde gab es für zehn Minuten Arbeit, und meine alten Mitstreiter waren jedes Mal hellwach bei der Sache, um dann direkt wieder Augenpflege zu betreiben. Die hatten wohl eine innere Uhr – ich hatte Hunger. Hatte vor lauter Langeweile schon am Schichtanfang meine Brote gefuttert. „Hol dir doch was am Automaten im Erdgeschoss", sagte mir die eine Mumie. Somit hatte ich wieder zwei neue Informationen zu verarbeiten. Die Mumie konnte also sprechen, und irgendwo in diesem Bau gab es was zu essen. Bei der Gelegenheit machte ich mit dem Zigarettenautomaten Bekanntschaft, was mich als Nichtraucher aber weniger berührte. Aber der Kaffeeautomat scheint ein beliebter Treffpunkt verschiedener Abteilungen zu sein. Interessant, um Kontakte zu knüpfen, wie ich noch erfahren sollte.

Den Maschinenführer habe ich erst am Schichtende wieder gesehen. Wenn der Schichtmeister seine Runde drehte, trat ein Frühwarnsystem in Kraft. Wasserspritzen, kleine Stahlkügelchen und kleine Rempler trugen zur schnellen Wachsamkeit einzelner Mitarbeiter bei. Ich dachte, im falschen Film zu sein, denn von einer Stunde nur effektiv zehn Minuten zu arbeiten hätte ich in meiner alten Handwerksfirma genau zwei Stunden geschafft. Danach hätte es die Papiere gegeben. Auch hatte ich gelernt, dass Abtanzen in der Disco bis zum Morgengrauen und hier in der Fabrik die Nacht zu verbringen, nicht unbedingt gleichwertig zu betrachten sind. Wird schon werden ...

Dass eine der Mumien zwischenzeitlich immer mal für eine halbe Stunde verschwunden war, merkte ich schon, doch dass es sich um Organisationstouren im Werk handelte, bekam ich erst später mit. Ich gehörte noch nicht zu den Mitarbeitern, die solche Dinge wissen sollten. Fakt ist, dass es Mitarbeiter gab, die 50 Prozent ihrer Tätigkeit in der Organisation von privaten Dingen sahen. Es wurde jeder Mist geklaut, und es war ein Sport, die Firma zu schädigen. Mit Mist meine ich unbrauchbare Sachen, die daheim wieder entsorgt wurden - Hauptsache was geklaut.

Bevor sich Leser hier über diese Praktiken mokieren, sei gesagt, dass natürlich ein Schaden durch solche Machenschaften aufgetreten ist. Aber bitte, was soll das Meckern? Richtiger Schaden entstand der Firma durch die höheren Angestellten, die komplette Abteilungen beschäftigten, wo Hoftore und Gartenzäune entstanden und Elektrikerkolonnen ganze Privathäuser installierten. Hier wurde nicht nur Material geklaut, sondern die viel teurere Arbeitszeit. So wurden von einigen Ingenieuren komplette Versuchsaufbauten hergestellt, die durch einfachen Umbau auch als Gartenpavillon herhalten konnten. Viele Dinge wurden nie eingesetzt, sondern nur gebaut, um dann als Schrott billig gekauft werden zu können. So war es ein ehernes Gesetz, dass bei einem Auftrag an die Werkstätten immer die privaten Sachen Vorrang hatten. Dienstliche Aufträge wurden immer nur mit Widerwillen angenommen. Diese Dinge sind bestimmt nicht schön für eine Firma, aber zu vernachlässigen. Richtig ins Geld gingen die Sachen und Lieferungen, die nie das Werk gesehen haben und schon vorher umgeleitet wurden. Richtig Geld hat auch die Bewertung von billig zu kaufendem Abfall gekostet. Ganze Landstriche wurden so mit Waren versorgt. Aber genug, denn es war nicht meine Baustelle, und die paar Schrauben, die ich mal mitgenommen habe, kann ich mit ruhigem Gewissen verantworten.

Diese Organisationstouren kamen für mich noch nicht in Frage, denn beobachten durfte ich, aber nicht aktiv werden. Die Maschinen waren größer, als ich es mir je hätte vorstellen können. Eine riesige Produktionshalle - warm, laut und alt - eigentlich schmuddelig. Letzteren Punkt durfte ich bekämpfen,

und so wurde ein Besen mein ständiger Begleiter. Dabei lernt man auch die Produktionsanlage mit den vielen Walzen, Motoren und Knöpfen kennen. Wofür der ganze Kram gut sein könnte, würde ich wohl nie begreifen.
Was ich aber schnell begriffen hatte, war eine mir bis dahin unbekannte Art und Weise, die Zeit zwischen Schichtanfang und Schichtende zu überbrücken. Bisher kannte ich nur einen Arbeitstag mit zwei festgelegten Pausen, und wenn die erfüllt waren, hatte man Arbeit. Doch hier war der Aufenthaltsraum Mittelpunkt der Schichtaktivität. Als Nichtraucher anfänglich nicht einfach, denn nur herumsitzen war nicht gestattet. Also immer ein Stück Brot vor sich liegen haben, und die Welt war in Ordnung. Schon mein Vater hatte von diesem Anfangsproblem berichtet, und nun wusste ich, was er meinte. Mein Vater kam aus einer Eisengießerei in dieses Paradies. So kann man auch sein Geld verdienen.

Die Arbeit habe ich aus der Ferne gesehen, denn zwei von den sechs Anlagen hatten ständig Störung oder, wie die Insider es nannten: "Supergau". Da durfte ich aber noch nicht hin, weil es zu gefährlich für einen Anfänger sei. Immer mit der Ruhe, da komme ich auch noch hin, wie mir fast drohend versichert wurde.

Und ich kam auch dort hin, und was sich anfänglich als Paradies zeigte, stellte sich als Knochenarbeit heraus. Dafür sorgte der Sommer mit tollen Temperaturen und einer Klimaanlage, die sich als Fehlplanung herausstellte. Das war Schinderei, und da ich auch nach Monaten immer noch der Neue war, war ich an der Stelle, an der Arbeit war. Dafür sorgte schon der Schichtmeister, der jungen Mitarbeitern sehr skeptisch gegenüberstand - um es sehr vorsichtig auszudrücken.

Übrigens wurde mir der Zahn mit der Erdrotation und sich bewegender Maschine schnell gezogen. Die Maschine changierte tatsächlich hin und her, aber von einem Motor extra angetrieben, weil es für den Herstellungsprozess nötig war. Ich hatte schon fast wieder an Gott geglaubt ...

So richtig dazu im Kreis der Kollegen gehörte ich auch noch nicht, und das machte sich deutlich bemerkbar. Interne Feierlichkeiten gingen ohne mich ab. Geburtstag, Urlaubsantritt, Urlaubende, Rückkehr nach Krankheit, Änderung der Wetterlage, Anstieg der Aktienmärkte und sonstige Gründe bedeuteten immer einen kleinen Umtrunk. Ein 10-Liter-Eimer mit der Aufschrift "Säure" stand gekühlt mit edler Mixtur bereit. Nur wo war das Versteck? Keine Chance, denn ich war der Neue, und dem Neuen vertrauen war zu heikel. Offiziell war natürlich Alkoholverbot, und der Schichtmeister dachte tatsächlich, dass diese Dinge auf seiner Schicht kein Thema wären. Er hat übrigens nicht weggeschaut, sondern wirklich daran geglaubt.

So machte mich eine andere Führungskraft der Schicht darauf aufmerksam, dass er am nächsten Tag meinen Taschenspind im Aufenthaltsraum kontrollieren würde. Dieses Spindfach war schön in der Ecke gelegen und nicht vom Produktionsraum einsehbar. Um ehrlich zu sein habe ich mir keine großen Gedanken gemacht, was der Unsinn soll. Darf der Typ überhaupt solch eine Kontrolle vornehmen? Diese „Spindkontrollen" waren schon Gesprächsthema unter den Kollegen, doch konnte ich damit nichts anfangen.
Ich dankte für die Warnung. Ein Kollege, der die Sache mitgehört hatte, klärte mich dann auf, wie eine solche "Spindkontrolle" auszusehen hat, und so standen dann auch die zwei Fla-

schen Cognac im Fach, die Tür war zu, aber nicht verschlossen.
Die Spindkontrolle war dann auch in Ordnung, und der Vorarbeiter beendete den Vorgang erst, als die Flaschen leer waren, wobei ehrlich geteilt wurde. Eine Flasche für die Belegschaft und eine Flasche für den Kontrolleur. Ein ganz einfaches System, und meinen Spind durfte ich künftig erst zu Schichtende abschließen, weil er wegen der idealen Lage für höhere Zwecke genutzt wurde. Den Begriff „teilen" musste ich also auch überdenken, denn es bedeutete in diesem Fall für viele Mitarbeiter sehr wenig und für den Vorarbeiter sehr viel. Zumindest bei Schnaps war es so ...

Jetzt gab es nur noch ein Problem, denn immer wenn eine Anlage Störung hatte - bei den vielen Anlagen war eigentlich immer eine Maschine dabei, die Probleme machte - hielt der Schichtmeister schweigend die Tür vom Aufenthaltsraum zur Produktionshalle offen. Wer nicht kaute oder an einem Glimmstängel zog, hatte an die spinnende Anlage zu gehen, egal wo man eigentlich eingeteilt war. Das Gesicht werde ich nie vergessen, als er zu mir sagte: "Auf, auf, Sie essen nicht, und rauchen tun Sie ja nicht" und ich eine brennende Zigarette hervorzauberte. Und wieder ein Problem gelöst ..., denn der Schichtmeister war selbst starker Raucher und erklärte sich solidarisch. Also immer eine Kippe haben und die Pause endet nie.
Die Monate zogen ins Land, meine Probezeit war erledigt. Meine Kenntnisse an den Anlagen waren mehr als gut. Besser sein bedeutete aber nicht mehr Geld, und Weiterbildung in der Werksschule war nur mit Duldung der Meister möglich. Aber so ein junger Hüpfer und auf die Schule? Maschinenführer werden will der Kerl? Ein Kampf beginnt, denn Ruhe ist die

erste Bürgerpflicht und nicht Horizonterweiterung. Können und Motivation hat man nicht zu haben, sondern wird von Leuten bescheinigt, oder auch nicht. Persönliche Dinge entscheiden über Zukunft, Werdegang oder Untergang. Das wurde mir ganz schnell klar, und zum Glück hatte ich auch in dieser Situation meine Helfer. Ohne Vitamin B in einer großen Firma weiter zu kommen, ist fast unmöglich. Bringt man gute Leistungen ist es förderlich. Mit der nötigen Portion an Protektionismus wird daraus ein Selbstläufer, der nicht mehr aufzuhalten ist. Ich habe einige Leute gesehen, die in dieser Hinsicht sehr viel Glück hatten. Ich brauchte also solch einen Helfer.

Dieser Helfer war meine ehrenamtliche Tätigkeit im Rettungsdienst und das Lügengebäude einer Führungskraft meiner Schicht um seine intakte Familie. Genau solch ein Familienmitglied habe ich doch tatsächlich nach einem Suizidversuch in die Psychiatrie gefahren.
Er sprach mich an, ob ich zufällig in dieser Nacht Krankenwagen gefahren sei. Seit diesem Zeitpunkt kein Ton mehr über seine erfolgreiche Tochter, und ich hatte meine Ruhe vor Nachstellungen. Im Gegenteil - die alten Böcke haben richtig Zunder bekommen, wenn auch nur ein schräges Wort über mich gesagt wurde. Ein Problem weniger. Natürlich konnte ich mich auf diesen Fürsprecher nicht ewig verlassen, denn Alkoholiker sind sehr abhängig von Stimmungen, also nicht der ideale Garant für eine sorgenfreie Zukunft, aber mittelfristig ein Garant für den Start in eine entspannte Zukunft. Ja, ich habe trotz meiner Unerfahrenheit und Mangel an Lebenserfahrung sehr schnell gemerkt, dass man ohne Hilfe verraten und verkauft ist.

Auf Grund meiner Leistungen war es nun auch unmöglich, mich nicht als Maschinenführer anzulernen, obwohl der Schichtmeister nicht begeistert war. Wie schon geschildert, war ich in seinen Augen einfach zu jung, und er kannte mich nicht genug. Es lag wohl auch daran, dass uns die Grundlage für zwischenmenschliche Gespräche fehlte. Diese Gespräche über den Urlaub in Spanien oder die riesigen Tomaten im eigenen Garten konnte es mit mir nicht geben.
Es gehört aber dazu, dass man sich bei den Führungskräften anbietet. Nicht anbiedert, aber anbietet und so im Hinterkopf gespeichert bleibt. Es gilt, einen positiven Eindruck zu vermitteln und durch Einsatz zu überzeugen.
Gegen die Mafia von Heidi, Peter und dem Vorarbeiter kam auch er nicht an. Juchhu - ich werde Maschinenführer. An der ältesten Maschine und als Lehrherr der alte Italiener, dem Gott und Guru dieser unberechenbaren Anlage.

Die nun folgenden Ausführungen sind eigentlich nicht zu glauben, und wenn man bedenkt, dass es in der Industrie wohl allgemein so zuging, eine Katastrophe. Dass solche Firmen trotzdem überlebt haben, ist wohl mit dem Wirtschaftswunder zu erklären. Riesen Bedarf und Geld spielten keine Rolle und ein paar Millionen mehr oder weniger absolut egal. Mitarbeiter waren gut, wenn auf der Anwesenheitsliste abgehakt und immer da - was der Mitarbeiter erwirtschaftete oder besser gesagt - nicht erwirtschaftete - absolut zweitrangig. So wurde ich also angelernt:

Angelernt? Mein Italiener hatte solch eine Angst mir etwas beizubringen und hielt mich einfach dumm. Ich wurde sogar mit falschen Informationen gefüttert, damit der Guru immer rettend zur Hilfe eilen konnte, wenn ich mal wieder Blödsinn fabriziert hatte. Nein, so konnte es nicht weitergehen, und die Wahl meiner Mittel musste sich ändern. Ich bin doch nicht blöd, würde man heute sagen. Wer nun glaubt, dass es was damit zu tun hätte, dass er Italiener war und ich Deutscher, irrt gewaltig. Hier greifen psychologische Dinge, weil Menschen, die wohl im Leben falsch abgebogen sind – sonst wären sie nicht hier gelandet – nun eine gewisse Position erreicht haben. Diese Position zu halten hat Priorität. Es ist einfache Existenzangst, also durchaus verständlich.

Mir war aufgefallen, dass die Maschine besser lief, wenn ich aus der Pause kam. Guru nutzte also meine Abwesenheit für Veränderungen, um mir keine Erklärungen liefern zu müssen. Wie gesagt - ich bin doch nicht blöd und habe nur so getan, als würde ich eine Pause machen und die Tarnkappe aufgezogen und meinen Guru beobachtet, was man so an einer Maschine verstellen kann, wenn es Probleme gibt. Der Typ war ein Fuchs, und ich habe viel gelernt und dabei Verstecke an der Maschine kennen gelernt, die als Beobachtungsposten geeignet waren, die wohl noch nie ein Mensch gesehen hatte. Kein Problem für mich mit meinen 67 Kilo Lebendgewicht, mich auch in die kleinsten Ecken zu quetschen. Man merke sich das Gewicht - es wird noch gebraucht.
Der Guru war zwar ein Könner vor dem Herrn, nur war es Erfahrung und kein Wissen. Erst Jahre später wurde von der Firma erkannt, dass Mitarbeiter mit Erfahrung und Wissen mehr bringen. Noch einige Jahre später wurde sich nur auf das Wissen verlassen, was sich als fataler Fehler erweisen sollte.

Heidi und Peter sahen das Potential in mir, und so bekam ich von dieser Seite alle Hilfe und wurde, ohne Eigenlob, ein guter

Maschinenführer. Doch ein guter Maschinenführer war nicht erwünscht, besonders nicht in dem Alter. Was wollen Sie? Hören Sie auf, das war schon immer so. Lassen Sie mich in Ruhe und machen Ihre Arbeit. Thema Schule und Weiterbildung, wenn Sie etwas älter sind usw. usw. usw. - und überhaupt, wie Sie mit den Mitarbeitern umgehen ist auch unter aller Sau - Sie dürfen ruhig mal brüllen, um die alten Säcke anzutreiben. Solche Töne bekam ich um die Ohren gehauen.

Interessant waren auch die Sabotageakte der anderen Schichten, die ich aber fast immer schnell aus dem Weg räumen konnte, da Heidi und Peter mir das Anlagenwissen mit der Brechstange verabreichten. Übrigens waren die Beiden in einer Position, in der ich ihnen nicht gefährlich werden konnte. Somit konnte ich mich ihres kompletten Erfahrungsschatzes sicher sein.

Es galt nun die Sabotageakte der anderen Schichten abzuwehren und hierzu bedurfte es besonderer Lösungen, um nicht dauerhaft ins Hintertreffen zu geraten.

Ich, der kleine Bub, wurde sehr schnell in Ruhe gelassen, denn ich legte mehrfach kurz vor Feierabend die Produktionsanlage so aufs Kreuz, dass die Nachschicht stundenlang richtige Sauerei hatte - also schwitzen musste. Der Maschinenführer der Nachschicht kam extra etwas früher, um mich heimlich zu beobachten und mich der Sabotage zu überführen. Er hatte Pech, denn unser Frühwarnsystem funktionierte, und so richteten Heidi oder Peter das Chaos an, wenn ich gerade unter heimlicher Beobachtung stand. Das ging zwei Wochen so, und es gab ein schichtübergreifendes Gespräch. Ergebnis war eine Waffenruhe, und was soll ich sagen? Die Störungen zu den Schichtenden hörten auch auf. Welch ein Zufall.

Hier ging es um Macht und Machterhaltung. Produkt und

Qualität interessierten keinen Menschen, obwohl wir davon eigentlich lebten. Aber ein paar Millionen minus waren wohl einerlei.
Ich musste dringend umdenken oder bekloppt werden.
Handwerk und Industrie sind unterschiedliche Welten, was die Produktivität des Einzelnen betrifft. Im Handwerk haben bessere Mitarbeiter mehr Geld bekommen, was hier nun absolut gleichgültig war. Verglichen mit dem Handwerk wurde hier aber sehr gut verdient, auch wenn es durch Schichtarbeit sehr teuer erkauft wurde. So kam es, dass die Einstellung zur Arbeit den Erfordernissen angepasst wurde und dadurch selbst der konservative Schichtmeister nicht mehr so negativ schaute. Anpassung war die Lösung.
Anpassung ist aber nicht mit Aufgabe der Identität zu verwechseln, aber man sollte nie vergessen, dass der Lohn oder das Gehalt nicht für die eigene Selbstverwirklichung bezahlt wird, sondern für die Erbringung einer Leistung. Lest euch mal euren Arbeitsvertrag durch, sofern vorhanden. Da steht klipp und klar drinnen, dass man sich hier auf eine Erbringung von Leistungen eingelassen hat. Diesen Umstand haben aber viele Arbeitnehmer vergessen und betrachten den Arbeitsplatz als Unterbrechung ihrer Freizeit.
Der Sinn des Lebens besteht allerdings nicht in Arbeit, aber ohne Moos nix los. Dieser Spruch macht Arbeit zwar nicht zum Lebenssinn. Aber es ist hilfreich sich manchmal vorzustellen, es wäre die eigene Firma. Würde man sich selbst beschäftigen oder lieber kündigen? Welchen der Kollegen würde man in die eigene Firma übernehmen?

Wir waren also bei der Anpassung, und so hatte sich mittlerweile auch mein Trinkverhalten den Gegebenheiten angepasst. Kannte ich Spirituosen zwar in Flaschen, doch die Angabe der

Trinkmenge war in Gläsern. Auch hier habe ich mich angepasst - die Trinkeinheit waren nun Flaschen. An dieser Stelle sollen nun nicht alle Saufgelage der Schicht erzählt werden, obwohl dadurch ein sehr lustiges Buch entstehen würde. Lustig aber nur für den Leser - für die Betroffenen ein dunkles Kapitel. Bei vielen meiner Kollegen wurde der übermäßige Konsum von Alkohol nicht mal in der eigenen Familie bemerkt. Logisch, wenn man durch die Schichtarbeit kaum Berührungspunkte mit der Familie hat und sich die Birne zuknallen kann, wenn die Kinder in der Schule sind und vor der Nachtschicht mal schnell zwei Stunden pennt. Dass man schon halbwegs besoffen zur Arbeit geht, fällt doch nicht auf, denn man könnte ja auch einfach nur müde sein.

Aber auch ohne die Sauferei hatte man sich bei diesem Schichtsystem auf einige Sachen einzustellen. Ich denke da an den "Kurzen Wechsel". Samstagmorgens aus der Nachtschicht raus und mittags wieder zur Spätschicht antanzen. Da lohnt es eigentlich nicht, heim zu fahren, um sich dann direkt wieder auf den Arbeitsweg zu machen. Musste man auch nicht - nicht weit vom Werkstor gab es eine Kneipe, die schon ab 5 Uhr früh geöffnet hatte. Diese Kneipe war der Werksleitung ein Dorn im Auge, denn man kannte die näheren Umstände. Im Werk hatte man den Alkoholverkauf in der Kantine auf zwei Flaschen Bier begrenzt. In der Praxis sah es dann so aus, dass man einfach mehrmals zwei Flaschen geholt hat. Wer zehn Flaschen saufen wollte, hat lediglich mehr laufen müssen. Ich stelle mir so manchen Handwerker vor, der mit nur zwei kleinen Flaschen Bier wieder die Arbeit hätte aufnehmen sollen. Der hätte vor lauter Tatterich jeden Schraubenschlüssel fallen lassen.

In welchem Zustand wir dann mittags auf diese samstägliche Spätschicht gewankt sind, kann man sich denken. Kümmerlingkreise haben eine deutliche Wirkung. Fakt ist, dass man im Rausch unbedingt vermeiden musste einzuschlafen, denn dann bekommt kein Mensch der Welt einen mehr wach. Man musste sich also geschickt zurichten. Theoretisch bedeutet es, die Zeit mit Limo zu überbrücken. Praktisch soff man bis kurz vor Verlust der Muttersprache und soff sich dann wieder nüchtern. Leser, die sich in der Zeitung über Meldungen von Alkoholkonzentrationen in Höhe von vier Promille oder mehr wundern, werden meine Ausführungen nicht verstehen. Wir haben es live mitgemacht und erlebt, wie man einen Punkt überschreiten kann, den Unbedarfte nicht für möglich halten.

In diesem Zustand hätte man sich als normal denkender Mensch in ein Taxi gesetzt und wäre heim zu Muttern. Aber weil wir ja richtige Männer sind – ab auf die Arbeit. Der Werkschutz hat diskret weggeschaut, denn die letzten zwanzig Meter vor dem Werkstor waren freies Areal, ohne die Möglichkeit sich festzuhalten. Nicht immer hat der Werkschutz zur Seite geschaut. Ich glaube, da sind Wetten gelaufen, ob die volle Haubitze auf der anderen Straßenseite, die am Verkehrsschild lehnte und die Peilung für diese problematischen zwanzig Meter aufnahm, auch tatsächlich das Werkstor trifft. Da sind schon Leute direkt vor dem Ziel zusammengebrochen und von freundlichen Kollegen in die Mitte genommen und ins Werk geschleift worden. Kollegen so aus dem Werk rausführen war öfter zu beobachten. Man musste den Gehunfähigen ja nur in sein Auto auf dem Parkplatz setzen. Dann ging der Rest ohne Probleme.
Unser kurzer Schichtwechsel barg aber ganz andere Gefahren, denn jeder Profi wird bestätigen, dass der Zustand zwischen

Vollsuff und nüchtern werden eine Qual ist. Und jeder Profi kennt auch das probate Mittel gegen diesen Zustand, der einer Lösung bedurfte.

Das gab riesige Probleme, denn etwa in der Mitte der Schicht wurde man langsam nüchtern, falls man es überhaupt so nennen konnte und realisierte, dass man nix mehr zum Saufen hat und mindestens noch vier Stunden mit Zittern und Desorientiertheit auf das wohlverdiente Feierabendbier warten musste. Der Schichtmeister gibt einem keinen halben Tag Urlaub, weil dieser Samstag bei der Urlaubsnahme sehr beliebt war und somit die Belegschaftsstärke schon am Minimum war.
Schlimm, schlimm, schlimm, wie einem der Mund austrocknet und eine Minute zu einer Unendlichkeit wird. Diesen Zustand kann man nicht überstehen. Dieses Gefühl kann nur nachvollziehen, wer schon einmal in dieser Situation war und wer Erfahrung mit Alkohol hat. So ist es in fortgeschrittenem Zustand zwar ein körperliches Problem, doch in der Regel spielt vorher der Kopf verrückt. Es ist wohl eher eine Verbindung von Körper und Kopf, denn es folgt Panik. Es ist eine üble Angst, weil man auf Stunden keine Möglichkeit hat nachzuschütten und Ausfallerscheinungen befürchtet. Wer auf Alkohol oder Droge ist und keine Möglichkeit sieht, in den nächsten Stunden an Stoff zu kommen, würde einige Dinge tun, um diesen Zustand zu ändern. Da kommen einem ganz merkwürdige Gedanken, und ich habe schon aufgebrochene Spinde gesehen, weil dahinter Schnaps vermutet wurde …, aber wir waren ja Profis und keine dummen Jungen.
Ein Anruf im Nachbarbetrieb langte, und der Hobbywinzer brachte sein Erzeugnis für drei Mark pro Literflasche vorbei. Essig war zwar Zuckerwasser gegen diese Brühe, doch das Zittern war vorbei. Man soff sich schon mal in Feierabendlau-

ne. Aber ehrlich, machte diese Brühe noch nach Tagen Sodbrennen, und im Schlaf konnte man nie länger als eine Stunde auf einer Seite liegen, da sonst die Magenwand durchgebrannt wäre. Ob es wirklich Wein war oder Medizin zur äußerlichen Anwendung für die Kühe des Winzers und Hobbybauern, haben wir nie erfahren. Wir haben es nur getrunken. Zudem waren wir selbst daran schuld, dass wir dieses Essigwasser trinken mussten. Unsere eigenen Vorräte hatten wir zwar mitgebracht, doch haben die noch nie bis Schichtende ausgereicht. Dazu hätte man besser haushalten müssen, da man es mit nur einem Minimum an Selbstbeherrschung so hätte dosieren können, dass man den Feierabend ohne eine Minderung des Pegels erreicht hätte. Erzähl das mal einem Besoffenen ...
Durch diese unsinnigen Versuche mit der Portionierung haben wir am Schichtanfang die Bestellung bei den Handwerkern verpasst, die außerhalb Nachschub kistenweise beschafft haben. Die haben daran ein paar Groschen verdient, trotzdem war es sehr günstig. Möglichkeiten gab es also genug, und es hätte nicht der Wein sein müssen, wobei ich immer noch bezweifle, dass es tatsächlich Wein war.

Auf Dauer war dieser Zustand nicht haltbar, und ein Mitarbeiter übernahm die Getränkeversorgung. So wurde jeden Tag eine Tasche voll Cola und Limo eingebracht, und gegen einen Obolus konnte man die Getränke aus dem Kühlschrank nehmen. Wohlgemerkt Limo und Cola in purer Form. Dieses süße Zeug auf Trinkstärke herabzusetzen oblag jedem Mitarbeiter selbst. Natürlich kann ein Mitarbeiter nicht die Getränkeversorgung einer ganzen Schicht reinschleppen, doch interessierte es den Werkschutz nicht mehr, wenn täglich mehrere Leute mit Sporttaschen vom Parkplatz in die Firma laufen. Von Zeit zu Zeit mal eine Dose am Tor gespendet und die Sache war sicher. Man konnte sich also steigern.

Schon bald wurde das Programm um einzelne Dosen Bier erweitert. Nach einem Monat wurden mehrere Sporttaschen voll Bierdosen jeden Tag verkauft. Der Werkschutz war ja kein Problem, und die oberste Lage war ja auch alkoholfrei. Es liegt auf der Hand, dass dieses funktionierende System nicht steigerungsfähig war, weil die Grenzen logistisch erreicht waren. Eine einfache Rechnung, wenn von einer Schicht nur zehn Hardcoretrinker jede Stunde eine Dose trinken würden. Diese 80 Dosen sind ein Wert für eine Kindergartenparty, aber nicht für ausgewachsene Profialkoholiker. Das System zerbrach bei einem Streit um die letzte Dose Bier und wurde eingestellt. Da war es wieder das alte Problem. Ich spreche jetzt nicht mehr von diesen elenden Samstagen, sondern von den normalen Schichttagen – außer Frühschicht an normalen Wochentagen. Zu dieser Zeit der Normalschicht waren alle Ingenieure und sonstiges Gewusel anwesend und an einen gepflegten Vollrausch nicht zu denken. Für die restliche Zeit waren Überlegungen anzustellen.

Die Lösung ist einfach, denn es geht ja nicht um Durstlöschung, sondern um Spaß in der Birne. Dazu braucht man nicht studiert zu haben, um hier eine Lösung zu finden. Erhöhung der Alkoholkonzentration bei gleichzeitiger Entlastung der Logistik war die Aufgabe, deren Lösung sofort umgesetzt wurde. Das bedeutet praktisch, dass man sich nicht mit literweise Bier oder Wein abgeben kann, sondern auf Schnaps umsteigen muss. Diese Vorgehensweise war nicht ganz neu, doch war immer nur ein kleiner Zusatz und nicht Standard. Doch die Logistikprobleme zwangen uns zu dieser Variante.

Es gab noch das Problem des alten Vorarbeiters und seine Vorstellung von gerechter Verteilung von Schnaps. Hätte man sich darauf verlassen können, dass der Gute nur eine Flasche Cognac säuft und wir die andere Flasche, wäre es kein Problem gewesen. Aber wenn der Typ schnell seine Flasche trinkt und dann unsere Flasche rationiert, wird es kritisch.

Wir wollten aber auch nicht, dass er sich so abfüllt, denn sein Zustand war nicht zu verheimlichen. Nur unser Schichtmeister hat nichts mitbekommen. Wie schon geschrieben – er hat es wirklich nicht gemerkt. Aber wir denken ja nicht in Problemen sondern in Lösungen. Also in meinem Spind in der Ecke die Ration für den guten Mann deponiert und wir unseren Rest an einem anderen Ort versteckt. Das klappte sehr gut und bedingt durch die Beziehungen eines Mitarbeiters zu den Besatzungsmächten gab es den Stoff recht günstig.
Geht man in eine Kneipe, weil man nicht stupide daheim allein sich die Kugel geben möchte, ist das auf Dauer mit erheblichen Kosten verbunden, die letztlich jeden Säufer langfristig in den Ruin führen. Auf der Arbeit hatte man diese gewünschte Ansprache durch die Kollegen, und der Rausch war erheblich billiger. Saufen auf der Arbeit hat also eine gewisse soziale Komponente. Nein, der vorige Satz war nicht ernst gemeint.

Wir hatten also einen Lieferanten, der uns den Stoff nicht nur billig zur Verfügung stellte, sondern saubillig. Mit nur einem Kostenbeitrag von 5 Mark konnte man sich bis zur Bewusstlosigkeit abfüllen. Damit wurde die Cola auf Trinkstärke herabgesetzt, und man musste nicht so viel Flüssigkeit zu sich nehmen und hatte schon mit kleinen Mengen die innere Ruhe gefunden. Mensch waren wir ruhig ...

Der "normale" Leser wird sich fragen, ob es Unfälle an den gefährlichen Produktionsanlagen durch den Alkohol gab. Liegt doch nahe, wenn ein Teil der Mannschaft voll wie eine Haubitze ist. Nein sage ich, außer einer Verletzung durch eine ausgelaufene Pressluftfanfare - kennt man aus dem Fußballstadion - in einer Silvesternacht, kenne ich keine Ausfälle bedingt durch die Sauferei. Ich möchte an dieser Stelle nicht witzig sein, aber die Unfälle wurden alle von den Nüchternen fabriziert. Ich möchte auch nicht behaupten, dass Alkohol als Bestandteil der Sicherheitsarbeit in einen Betrieb gehört. Lassen wir das, denn wenn ein Studierter das hier liest und die Satire nicht erkennt, werden die Wassertrinkbrunnen gegen Zapfanlagen ausgetauscht. Das darf man mir nicht anlasten ...

Aus heutiger Sicht stellt sich die Frage, warum man gesoffen hat. Ich denke mal, es war der Herdentrieb und man wollte dazu gehören. Natürlich gab es auch Mitarbeiter, die keinen Alkohol getrunken haben, aber unsere Orgien tolerierten. Die Arbeit wurde gemacht, und somit gab es keine Probleme – zumindest damals, und auch hier sollte sich viel ändern.

Hoffnung

Einige Jahre später hatte ich den Sprung zum anerkannten Maschinenführer gepackt. Natürlich mit Hindernissen, doch gepackt. Alle Hindernisse waren hausgemacht, denn es gab keinerlei strukturierte Ausbildung. Deshalb gab es auch gute und schlechte Maschinenführer. Besser gesagt, es gab krottenschlechte und saugute Maschinenführer. Die dritte Kategorie waren die Blender, eine Spezies, die auch heute sehr verbreitet ist. Mir gingen diese Dummköpfe am Arsch vorbei. Das aber genau diese Dummköpfe über meinen beruflichen Werdegang entscheiden, habe ich erst später realisiert. Ja, es gab auch nüchterne Momente ...

In genau solch einem Moment bin ich der Freiwilligen Werksfeuerwehr beigetreten. Das war eine Neugründung aus interessierten Mitarbeitern verschiedener Betriebe des Unternehmens und sollte die Feuerwehr im Einsatzfall ergänzen. Eine Ersatzfeuerwehr also und obendrein mit rund hundert Mark monatlicher Aufwandsentschädigung. Dafür gab es einmal im Monat nach der Frühschicht extra Unterricht.
Die Übungsgaskammer war lustig, doch der theoretische Unterricht war die Hölle. Kein Mensch konnte die Augen offen halten, und wir pennten der Reihe nach ein. Geil waren die tolle Feuerwehruniform und unser eigenes Löschfahrzeug.
Die Freiwillige Feuerwehr gibt es schon ewig nicht mehr, und mit dem Brummi werden heute Kinder am Tag der offenen Tür durch das Werk chauffiert.
Ich hatte ja schon angedeutet, mehrmals in meinem Leben falsch abgebogen zu sein. Auch hier stimmte die Ampelschaltung nicht.
Der stellvertretende Leiter der Werksfeuerwehr wollte mich in

die Berufswerksfeuerwehr übernehmen, weil ich als vernünftig ausgebildeter Rettungssanitäter und mit meinen Erfahrungen im Rettungsdienst und Katastrophenschutz ideal auf den Krankenwagen passen würde.
Eine ärztliche Tauglichkeitsprüfung für den Dienst bei der Feuerwehr habe ich bestanden und durfte lediglich keinen schweren Atemschutz tragen. Brauchte man auch nicht zwingend, und so wollte Old-Man in meinem Betrieb anrufen und dem Tagesmeister klar machen, dass der Typ, der beim Lesen der Tageszeitung gestört hatte, nun einen anderen Wirkungskreis hat. Feuerwehr hatte Priorität, und ein Wechsel konnte nicht verhindert werden.
Old-Man hatte schon den Telefonhörer in der Hand, als ich mir die Frage nach dem Verdienst erlaubte. Immerhin geht es um Geld, denn von Luft und Liebe zu leben sollte ich erst viel später lernen.
Er kramte ein paar Zettel aus der Schublade und sagte mir, was vergleichbare Kollegen in der Eingangsstufe verdienen. Mir gefror das Blut in den Adern – da fehlen ein paar hundert Mark (nach heute gültiger Währung etwa 400 Euro), und das war eine Katastrophe. Er schaute noch weitere Abrechnungslisten der Mannschaft durch, wobei ich nur den Kopf schüttelte. Gern hätte ich den Job gemacht, doch finanziell den Rückwärtsgang einlegen wollte ich nicht. Old-Man bedauerte es sehr, und mir war es auch warm ums Herz, denn in dieser Umgebung konnte man sich wohlfühlen.
Natürlich hat auch diese Story einen typischen Hintergrund, der auch nur mir passieren kann.
Old-Man hatte in gutem Glauben die Originallohnliste seiner Mitarbeiter verwendet, die er zur Abrechnungserstellung an das Lohnbüro gibt. Völlig vergessen wurde aber die Tatsache, dass Werkschutz und Feuerwehr kein Produktionsbetrieb sind

und somit keine Prämie erwirtschaften. Solche Betriebe bekamen eine über das gesamte Werk gemittelte Werksprämie. Diese wurde aber erst im Lohnbüro zu den Abrechnungen addiert.
Ich hätte schon in der Eingangsstufe mehr verdient, als ich in meinem alten Betrieb hatte. Ein Fehler, für den Old-Man nach einigen Jahren um Entschuldigung gebeten hat. Wir waren uns sympathisch, und ich konnte ihm nicht böse sein.

Mich bewegten zu dieser Zeit aber ganz andere Dinge, denn schon seit meiner Ausbildung dachte ich firmenorientiert. Das war für mich selbstverständlich, denn nur wenn es meinem Chef gutgeht, kann es mir auch gutgehen. Diese naive Logik bestimmte in der Regel mein Arbeitsleben. Diese Firmenorientierung führte zu erheblichen Problemen mit Vorgesetzten, aber auch mit den Kollegen.
Nicht immer ist positives Handeln erwünscht, denn es kommt auf die Perspektive des Betrachters an und auf das Endziel. Schon manche Schlacht wurde zur Ablenkung verloren, um dem Endsieg dienlich zu sein. Leider kommt der gewöhnliche Arbeitnehmer spätestens in dieser Situation in einen Zustand der Verwirrtheit.
Gefordert ist der Mitarbeiter mit einer gewissen Eigendynamik im Sinne der Produktivität für den Arbeitgeber. Nun denkt der gewöhnliche Mensch, dass zwei Pfund Suppenfleisch eine tolle Brühe ergeben. Es bedarf der Erklärung, wenn dieses überlieferte Rezept nun mit einem Pfund auskommen soll, oder gar plötzlich vier Pfund Fleisch eingesetzt werden. Der Mitarbeiter denkt einfach – zwei Pfund – gut – vier Pfund – schlecht.
Nun wäre es die Aufgabe der Führung, dem Mitarbeiter zu erklären, dass eine Lieferung in ein anderes Land geplant ist und

die Leute dort einen anderen Geschmack haben. Das wird der Mitarbeiter verstehen, und er wird weiterhin seinen Vorgesetzten unvoreingenommen gegenübertreten.
Die Realität sieht aber anders aus, und der Mitarbeiter wird nicht über die Hintergründe informiert. Natürlich ist der Arbeitgeber nicht dazu verpflichtet und macht es deshalb auch nicht. Die Folgen sind so einfach wie die gute Suppe. Der Vorgesetzte verliert jeden Respekt des Mitarbeiters und hat einen Roboter geschaffen, der auf Anordnung auch in den Suppentopf pinkeln würde – wenn es denn im neuen Rezept steht. Der Arbeiter ist auch unzufrieden, weil in seinen Augen ein schlechtes Produkt produziert wird und sein Wissen nicht abgefragt wird. Nach den näheren Umständen fragen wird er nicht. Kopfschütteln und Resignation von einem einst rührigen Mitarbeiter. Klasse gemacht, Herr Vorgesetzter.
Eigentlich mache ich als Schreiber hier einen Anfängerfehler und springe zwischen Vergangenheit und Gegenwart. Ich bin mir dieser Tatsache bewusst, doch gibt es diese klare Trennung nicht. Positives oder negatives Verhalten ist zeitlos, und was viel schlimmer ist, wiederholt sich sogar. Doch zurück zu den Umständen der Vergangenheit. Dazu ist es wichtig zu wissen, dass es nicht nur Mitarbeiter im Sinne der Firma gab, sondern auch Leute, deren Motivation ich bis heute nicht verstanden habe. Es ist aber möglich, komplette Arbeitstage anwesend zu sein und in der Zeit nicht einen Handschlag für die Firma und trotzdem immer geschäftig ausgesehen zu haben.

Stellt Euch vor, eine Maschine produziert mehrere Stunden, und mit der Zeit lässt die Qualität nach. Man müsste dann eine Reinigung vornehmen und könnte nach der kleinen Unterbrechung wieder Qualitätsware herstellen. Natürlich wird dieser Prozess kontinuierlich überwacht und durch Proben aus der

laufenden Produktion im internen Prüfraum der Zeitpunkt der Reinigung bestimmt. Abgesehen davon sieht man es auch so, wenn das Produkt eigentlich in den Abfall gehört.
Standard war aber, die nötigen Proben dann zu machen, wenn die Anlage frisch gesäubert war - und zwar Proben für die ganze Schicht - damit man keine Unterbrechung hat und viel Kilos an Produkt und somit viel Prämie einfährt. Der produzierte Abfall wurde den Kunden geliefert, und wenn man Pech hatte, standen ganze LKW-Ladungen mit dem Müll nach einigen Monaten wieder im Hof. Auch kein Akt, denn Transportschaden und verbilligte Abgabe an einen anderen Kunden machten den Verlust erträglich.

In dieser Zeit habe ich viele Produkte von einigen Herstellern nicht mehr gekauft, denn aus dem Rohprodukt konnte nur minderwertige Ware entstehen.
Genau dieser Umstand war mein Problem, und mir wurde öfter von der Schichtleitung untersagt, nötige Qualitätsverbesserungen vorzunehmen. Alles für die Schichtprämie und das Motto "Kilo, Kilo, Kilo". Menge ist wichtig, und wer diesen Umstand leugnet, hat das Leistungsprinzip nicht verstanden. Aber sind nicht hier die gleichen Arbeitsweisen aktuell, wie vor dem Mauerfall im östlichen Deutschland? Da konnte man schon mal unbrauchbare Töpfe mit einem Durchmesser von einem Meter bauen, weil das Planziel in Liter Topfinhalt angegeben war. Produzieren wie bekloppt – aber nicht brauchbar ergibt betriebswirtschaftlich keinen Sinn. Oder hatte ich da was noch nicht kapiert?

Nun gibt es ja Führungskräfte, die durch ihre Stellung eigentlich diesen Unsinn verhindern sollten. Bitte nicht so kleinlich denken, denn auch diese Spezies hängt beruflich und finanziell von der Menge ab. Mit nur etwas Interesse wären Qualität und Menge beherrschbar gewesen. Wie dumm oder gleichgültig in dieser Zeit die Firmenleitung war, ist unbeschreiblich, und meine Logik und mein Verständnis von Produktivität passten hier nicht rein.

Wenn zwei Schichten einer Anlage keine Produktion hinbekommen und die dritte Schicht nach 20 Minuten störungsfrei bis kurz vor Feierabend produziert, ist das merkwürdig. Passiert das zwei Wochen ständig, ist das Sabotage um die Prämie dieser Schicht hochzutreiben. Egal - interessierte kein Schwein.

In der Produktion war das Gesamtergebnis schnurz, denn die Prämie gab es für die Schichtleistung. So war es üblich, die Leistung einer Schicht in die Tonne zu treten, um selbst gut abzuschneiden. In einigen Bereichen ging es um die produzierte Menge. Kilo, Kilo war das Zauberwort, und so wurde mit Gewalt jeder Mist zusammengefahren. Am nächsten Tag wurde der Dreck in den Abfall gegeben - denn auf dem Prämienschein vom Vortag war die Menge registriert. Man stelle sich dieses betriebswirtschaftlich katastrophale System vor. Mehr Mist – mehr Prämie und Qualitätsarbeit gleich weniger Prämie.

Betrachtet man diese Zeit mit dem heutigen Wissen, war es die Steinzeit.

Ich hatte aber mittlerweile erkannt, was den Unterschied zwischen einem guten und einem schlechten Maschinenführer ausmacht. Nicht zu wissen, wo die ganzen Schalter und Knöpfe und Ventile sind, sondern wissen, wie eine komplexe Anlage in ihrer Gesamtheit funktioniert.

Gab es im Mittelteil der Anlage stundenlang Störungen, wurde dort wie ein Ochse vor dem Scheunentor immer wieder dagegen angerannt. Der gute Maschinenführer suchte den Fehler aber an der Stelle, der als Auslöser für den Defekt in Frage kommen könnte, der sich dann an einem Folgeteil der Maschine zu einer Störung entwickeln kann.

Drückt man auf einen Knopf, fährt die gesamte Maschine schneller. Ein Vorgang ohne Hirnzwang und doch nicht einfach, weil es bei diesem Vorgang oft zu Störungen in der Anlage gekommen ist. Der gute Maschinenführer bedenkt, dass sein Knopfdruck eine Kaskade von vielen Antriebsmotoren und Zugregelungen und komplexen Berechnungen auslöst. Fährt man die Anlage in Etappen schneller, gibt man der Anlage die Möglichkeit diese Berechnungen anzustellen und auch Regelungen vorzunehmen.

Man muss also ein Gefühl für die Anlage entwickeln und ein Gespür haben, warum die Maschine heute nicht mit der gleichen Einstellung wie gestern laufen kann. Ein Umstand, den die Ingenieurstechnik bis heute nicht verstanden hat. Unbestritten muss es einen Standard geben, und eine Einstellung muss reproduzierbar sein. Ohne den genialen Maschinenführer geht es selbstverständlich auch und wird es künftig nur noch gehen. Ist wie mit dem Blinden im Porsche. Das zur Verfügung gestellte Handwerkszeug ist perfekt, aber der Beifahrer wird immer sagen müssen, wo es lang geht, und mehr als Schrittgeschwindigkeit wird es nie werden. Setzt man einen Sehenden hinter das Steuer, wird die Autobahn optimal genutzt. Setzt man dem Sehenden einen fachkundigen Beifahrer daneben, wird Paris - Dakar gewonnen. Ein blödes Beispiel? Nein, denn so und nicht anders war und wird es in einem Produktionsbetrieb sein.

Ich war auf dem Weg diese interessante Entwicklung durchzumachen, doch in dieser Steinzeit nicht einfach, da das nötige

Hintergrundwissen nicht vorhanden war. Auch die Ingenieurstechnik verstand es gut, nicht durch besonderen Fachverstand aufzufallen. Mag sein, dass die Jungs was drauf hatten, doch wie gesagt, perfekt getarnt. Und überhaupt war die Führungsriege eine Mannschaft und wir eine andere Mannschaft. Hier gab es keine Anbiederungen, und die Grenzen waren klar gezogen.
Wenn der eine Ingenieur von seinen Kanonen von Navarone berichtete, war zwar für zwei Stunden Sendepause, aber was der Typ für ein Auto fuhr, wusste ich nicht. Etwas mehr erfuhr ich durch die Tatsache, dass ich in der Messwarte ausgebildet wurde und dort die Informationszentrale des Betriebes war. Sprechverkehr und Telefon liefen hier zusammen. Hier tauchten auch mal Leute der Firmenleitung auf und gaben sogar Händchen. Ein sonst undenkbarer Akt.

Hier tauchte auch einmal der Betriebsleiter in einer Frühschicht auf, und wir begrüßten uns freundlich. Frühschicht war die Schicht, die ich gern von den Anfangszeiten flexibel gestaltete. Will sagen, dass ich gern mal zu spät kam und auch schon mit dem Tagesmeister zur Normalschichtzeit durch das Werktor kam. Blicke …, aber hatten wir schon an anderer Stelle beschrieben.
Genau in solch einer trüben Frühschicht steht also der höchste Akademiker der Firma bei mir in der Messwarte und lobt mich. Die Firma war mehr als zufrieden mit mir, und es macht Spaß anzusehen, mit welchem Tempo ich mich doch entwickeln würde. Meine Brust ist fast geplatzt vor Stolz, bis der letzte Satz kam:

„Wir kommen aber auch notfalls ohne Sie aus!"

Krawumm hat das gesessen – mir verschlug es den Atem, und ich war sprachlos. Ein Umstand der von Bekannten meiner Kommunikationsmöglichkeiten als unmöglich beschrieben wurde. Ehrlich – ich der King hatte den ersten Dämpfer weg. Verschlafen hatte ich am nächsten Tag trotzdem richtig, denn ich brauchte nach dem Vortagesschock doch einige Beruhigungsmittel meines Stammwirtes. Hab mich dann an dem Tag nicht mehr auf die Arbeit getraut und mir eine Krankmeldung besorgt. War ja auch krank, zumindest war mein Ego angekratzt.

Krankmeldung oder Arbeitsunfähigkeitsbescheinigung korrekt tituliert, war die Lösung vieler Probleme. Da gab es in der Stadt geheime Adressen von Ärzten, die den Patienten angeschaut und erst mal eine Woche in Ruhe versetzt haben.

Es gab zu dieser Zeit auch eine Empfehlung der Krankenkassen, einen vorstelligen Patienten zur besseren Diagnose mindestens eine Woche arbeitsunfähig zu schreiben. Besser wären sogar zwei Wochen, um diagnostisch auf der sicheren Seite zu sein. Kein Spaß – ich hab solch ein Schreiben an einen Arzt selbst gelesen. Durch mein Ehrenamt kannte ich genug dieser Quacksalber und brauchte die Geheimadressen nicht.

Insgesamt war der Krankenstand im Rahmen und auch planbar. Die Bäuerchen zur Ernte und die Winzer zur Weinernte regelmäßig krank und gewisse Volksgruppen nach den obligatorischen sechs Wochen Heimaturlaub noch zwei Wochen auf Krankenkassenempfehlung. Keine Panik, denn diese Umstände waren planbar.

Die Folge war, dass ich als Junggeselle in der Sommerzeit keinen freien Tag hatte, weil die portugiesische Krankheit halt erst erledigt werden musste. So habe ich stellenweise zwei Monate ohne einen einzigen freien Tag Überstunden ohne Ende gemacht. Finanziell war es eine Katastrophe, weil damals Steuer nach einer Tabelle gezahlt wurde und eine Mark (heute 50 Cent) mehr Verdienst unter Umständen den gesamten Überstundenverdienst aufgefressen hatte. Wenn man Pech hatte, war der Nettolohn niedriger, als es ohne die Überstunden gewesen wäre.

In dieser Zeit also nichts, was man mit Stolz berichten könnte. Stopp - ich war doch stolz, denn ich besuchte die Werksschule und machte eine Ausbildung zum Facharbeiter.

Kumpel Volker und ich waren die Auserkorenen und nach neun Monaten der Einführungskurs erledigt. Genau gegenüber der Werksschule war ein Lebensmittelgeschäft. Jägermeister und Kaugummi lagen immer parat, und bezahlt haben wir immer am Monatsende.

Geld und Durst bildeten nicht immer eine Einheit, was aber kein Hinderungsgrund war. Geld hatte in dieser Zeit einen anderen Stellenwert gehabt, da man sich den Schotter an fast jeder Straßenecke besorgen konnte. Fünftausend Mark Kreditwunsch? Nehmen Sie doch zehntausend Mark, und wir müssen nicht mit krummen Zahlen rechnen. Was, nix auf dem Konto? Kommt doch irgendwann was, für was brauchen Sie es denn? Wenn wir den Kredit aufstocken, kommen wir an die Grenze, bei der die Zentrale unterschreiben muss. Wir machen einfach einen neuen Kredit auf.
Das Geld wurde einem regelrecht in den Hintern geblasen, weil die Tatsache einer Festanstellung in gewissen Firmen bares Geld wert war. Das dokumentiert auch die fatale Selbstüberschätzung der Wirtschaft, Politik und Bevölkerung. Heute interessiert es keinen Menschen, wenn die Presse von Tausenden Entlassungen in der Industrie berichtet. In dieser Zeit eine

utopische Angelegenheit. Beamter, Post und Weltkonzern waren gleichzusetzen mit Unkündbarkeit, und viele Vermieter suchten für ihre Wohnungen bevorzugt Mieter aus dem großen Werk, in dem ich arbeiten durfte. Der Werksausweis war eine Eingangskarte für viele Leistungen diverser Firmen und hatte die Wirkung wie heute die Platin-Visa. Ich will ehrlich sein und nicht leugnen, dass ich es genoss, wenn ich als Mitarbeiter dieser Firma erkannt wurde. Man war jemand, auch als einfacher, angelernter Arbeiter.
Eigentlich logisch, denn ein ganzer Stadtteil lebte von dieser Firma, und es war ohne Übertreibung ein blühender Stadtteil gewesen. Die Betonung liegt auf gewesen, denn nach Abbau von Tausenden Arbeitsplätzen sieht so ein Stadtteil anders aus. Das muss hier nicht näher beschrieben werden, weil es genügend Beispiele gibt. Mit Schrecken denke ich an eine Spazierfahrt durch das ehemals blühende Saarland. Traurig ...

Es tat sich insgesamt etwas in der Firma und nicht nur der nun gestattete Besuch der Weiterbildung. Da lief noch ein Akademiker durch die Firma und machte die Meister zur Sau, weil es im Produktionsraum aussah, wie bei Hempels unterm Sofa. Wir nannten den Typ Metzger, weil er mit seinem Kittel und den hochgekrempelten Ärmeln halt so aussah. Wir haben extra Rasierklingen und Schrauben an den unmöglichsten Stellen versteckt und verloren. Unser Metzger hat alle Dinger gefunden. Staubsauger wurden gekauft, und nach ein paar Wochen sah es in der riesigen Halle irgendwie anders aus.
Plötzlich wurde Deutsch gesprochen, und was wir nicht kannten - ein Studierter sprach uns direkt an, wo wir doch bislang immer versteckt wurden, wenn ein "Großkopfeter" durch die Hallen wandelte. Mit Deutsch meine ich Klartext, denn die Verkehrssprachen waren Deutsch, Griechisch, Türkisch, Por-

tugiesisch, Spanisch und Italienisch. Hessisch lief außer Konkurrenz.

Unser Metzger war ein untypischer Akademiker, und sein Ruf unter Seinesgleichen war eine Katastrophe. Der Typ sollte einen neuen Betrieb übernehmen. Es wurde in einem anderen Teil des Werkes eine neue Produktionsanlage gebaut, und der Finder aller Schrauben arbeitete sich in die Materie ein. Diese neue Produktionsanlage wäre einer Gelddruckmaschine gleichgekommen, wenn der Baubeginn viele Jahre früher gewesen wäre. Den Riesenreibach haben andere Firmen gemacht. Ginge es nach der werksinternen Forschungsabteilung, wäre diese neue Anlage nie gebaut worden. Zu viel Neuland und zu viel alte Forscher waren da am Werk. In der Chemieforschung wurde Schnaps gebrannt, und in der Physikabteilung waren ganze Kolonnen in der Stadt unterwegs, um Heizkostenröhrchen abzulesen. Ganze Stadtviertel haben die abgelesen und Tausende von Mark nebenher gemacht. Nur wenn das Geschäft nicht ganz so drängte, wurde ein Telefondienst zurückgelassen. Das kam allerdings nur selten vor. Wie dem auch gewesen sein mag - Geld war wohl genug da.

Die Ablesegeschichte war mir ein Dorn im Auge, da auch ich so ein paar Mark in meiner Freizeit dazu verdiente. Ich musste den Job in meiner knappen Freizeit erledigen und bekam nur blöde Bezirke, die kein anderer Ableser haben wollte und wo der Verdienst nicht so hoch war. Die guten Bezirke hatte die werksinterne Schwarzarbeiterabteilung.

Doch zurück zu meinem Hauptarbeitgeber.
Kumpel Volker und ich waren nun beim zweiten Kurs der Werkschule auf dem Weg zum Facharbeiter. Ein mühsamer

Kurs, und Kumpel Volker stieg aus. Schule und Alkohol unter einen Hut zu bekommen ist nicht einfach. Ich weiß, wovon ich spreche. Der Unterricht war nur für drei Personen gemacht, die bei dem Dozenten schon einen Beruf gelernt hatten. Der Rest der Teilnehmer hing in der Luft, und es war eine schöne Quälerei.

Der Samstag der Prüfung rückte näher, und ich habe Donnerstag und Freitag für die Nachtschicht Urlaub genommen, um den Stoff durchzugehen. Der Plan ging nicht auf, denn der Schichtmeister hatte sich vertan und keinen ausgebildeten Mann für die Messwarte. So war ich also am Donnerstag in der Nachtschicht in meiner Messwarte, und wie das Leben so spielt, war auch noch die Hölle los. Kein Gedanke an Kursunterlagen. Am Freitag lange geschlafen und absolut keinen Bock auf lernen gehabt und ab auf die Nachtschicht. Alles war ruhig, und ich packte meine Unterlagen aus. Der Schichtmeister sah mich und verbot mir, die Unterlagen zu studieren. Gelernt wird daheim - ich werde es nie vergessen - und ich helfe dem Typ auch noch aus seiner Fehlplanung.

Gelernt wird daheim - seine Schützlinge Heidi und Peter haben ihren kompletten Meisterkurs in der Arbeit abgewickelt, und ich darf ein paar Stunden vor der Prüfung nicht in meine Unterlagen sehen.
Ich also von der Nachtschicht heim und zwei Stunden später zur Prüfung. Ach ja, die Chemie. Eine hundsgemeine Quälerei, aber ich habe den Kurs bestanden. In Chemie zwar eine Vier, aber die Restnoten haben mich dann doch auf eine Drei gebracht.
Als ich unserem Metzger das Prüfungsergebnis vorlegte und er als Doktor der Chemie meine Note sah, fragte er, ob ich zu

doof, oder nur zu faul war. Egal - bestanden und nun fehlten nur noch der Abschlusskurs und die Prüfung vor der IHK.
Diesen Kursus sollte es niemals geben, für mich wenigstens nicht. Die Firma würde ein neues System der Weiterbildung einführen und das bestehende Kurssystem einstellen. Klartext: aus den drei Ergänzungskursen werden nur die besten Teilnehmer rekrutiert und nur noch ein Abschlusskurs gehalten. Ohne diesen Kurs direkt zur Prüfung wäre zwar möglich, doch utopisch. Ein Quereinstieg in das neue Kurssystem nicht möglich, also von vorn beginnen. OHNE MICH. Knapp zwei Jahre Freizeit für den Arsch, und ich hätte den Ausbildungsleiter fast umgebracht. Natürlich nur in Gedanken, aber verbal ganz schön ins Hallo gestellt. Ohne Erfolg.
Auch einigen anderen Kollegen erging es so, was aber die Situation nicht verbesserte. Es ist, als wenn man kurz vor der Führerscheinprüfung steht und dann die Fahrschule pleite macht und die neue Fahrschule einen kompletten Neuanfang verlangt.

Wohl logisch, dass diese Situation besondere Lösungen erfordert. Diese Lösungen gab es an jeder Straßenecke und in jedem Kiosk, denn in dieser Zeit beschränkten sich meine Problemlösungstechniken in der Vernichtung alkoholischer Getränke. Ein Umstand, der nicht sonderlich den üblichen Rahmen als Arbeitnehmer sprengte, da die Quote der Alkoholiker, Drogenkonsumenten und geistig Desorientierten deutlich über der Quote der "Normalen" lag.

Ich hatte ja versprochen, keine Trinkorgien zu beschreiben, aber um den Umfang der Sauferei in einem Produktionsbetrieb der 80er für Abstinenzler etwas zu erleuchten, fällt mir eine Story ein:

Der harte Kern der Schichtmannschaft traf sich schon vor der Nachtschicht an einem Kiosk nahe dem Werkstor. Leicht angesäuselt zum Dienstantritt und in der Plastiktüte noch etwas Nachschub - doch spätestens um Mitternacht war kein Tropfen mehr da. Es war wohl eine Fügung Gottes, dass ein Büro der Ingenieurstechnik nicht abgeschlossen war. Bei einer Inspektion des Büros traten wertvolle Schätze zu Tage. Es war kurz vor Weihnachten, und die Vertreter diverser Firmen für Schrauben, Maschinen usw. hatten bei den Ingenieuren kräftig abgeladen. Und genau diese Geschenke haben wir im Nu weggesoffen. Danach haben wir die edlen Tropfen entdeckt und auch die vernichtet, um letztlich Sekt in Manier einer Rennfahrersiegerehrung im gesamten Büro zu verteilen.
Heidi, unser nüchterner Schichtleiter suchte seine Mannschaft und fand uns dann bei der "Weihnachtsfeier". Wir sind tatsächlich noch an die Maschine gewankt und haben eine Störung behoben.
Ich für meinen Teil hatte dann keinen Bock mehr, den Feierabend abzuwarten und bin gegangen. Ich habe mich sogar umgezogen und bin aus einem Notfenster rausgekrabbelt. Das offene Tor daneben hat mich nicht interessiert, wie mir Zeugen berichteten. Auch den Pförtner habe ich gemeistert, als ich über den Werkszaun geklettert bin - zehn Meter neben dem Werkstor. 5 Mark Trinkgeld für den freundlichen Mann und, dann bin ich erst gegen Mittag wieder aufgewacht - tatsächlich daheim in meinem Bett. Das waren schon keine Kopfschmerzen mehr, das war die Strafe einer höheren Macht, die mich in der Nacht zu meiner Wohnung geführt hat - immerhin etwa zwei Kilometer durch verwinkelte Straßen.

Mit noch mindestens zwei Promille im Blut habe ich den Schichtleiter privat angerufen, um zu erfahren, ob wir Flurschaden angerichtet hatten. Hat der mich angeschnauzt, und ich solle ja heute zur Nachtschicht kommen. Ich rief dann den Kollegen vom Ländchen an und erfuhr von dessen Frau, dass ihr Mann am Morgen lallend aus dem Werksbus gefallen sei. Die zweite Frau titulierte mich als versoffene Sau, die ihren armen Mann vergiftet hat, und die dritte Frau wollte mir ihren Mann schenken - ich solle ihn nur abholen. Natürlich sind wir komplett zur Nachtschicht erschienen, natürlich mit der nötigen Grundlast vom obligatorischen Kioskbesuch her. Diese blöde Nachtschicht war eigentlich nur eine lästige, gutbezahlte Unterbrechung der Freizeit, denn zum Feierabend traf sich die Meute im seit 5 Uhr offenen Morgenlokal. Da hat kein Mensch Limo getrunken, und alle Autos kannten den Weg ins Reich ...

Auch wenn es etwas utopisch anmutet, ist diese kleine Story nur ein kleiner Schwank aus der harmlosen Ecke. Wie schon gesagt, die Einheit für Kurzgetränke war schon lange nicht mehr das Glas, sondern die Flasche, und in Betrieben mit Bierliebhabern wurden kleine Partyfässer als Standard erklärt. Allein der Müll hat die Firma ein Vermögen gekostet.

Nun war die Firma nicht blöd, und manches Vögelchen hatte falsch gepfiffen. Es wurden in einigen Abteilungen ganze Schichten gemischt, weil zum Beispiel eine Schicht komplett bei der Schichttauglichkeitsuntersuchung durch katastrophale Leberwerte auffällig wurde. Auch ich wollte da raus, denn mittlerweile ging es an die Gesundheit mit dieser Sauferei, hat aber trotzdem noch Spaß gemacht, soweit ich mich erinnern kann. Ich sah meine Chance in der neuen Produktionsanlage und hatte tatsächlich die Chance, auch dort eingesetzt zu werden, und tatsächlich wurden die Personalien so gemischt, dass alle Saufkumpane auf verschiedene Schichten oder Betriebsteile verstreut eingesetzt wurden. Das war meine Chance ...

Es gab im Werk auch Arbeitsplätze, bei denen selbst wir uns damals schon wunderten, wie so etwas funktionieren kann. Es gab da tatsächlich Mitarbeiter und Angestellte, die noch nicht einmal die Stechuhr selbst betätigen mussten und die Arbeitszeit in der besagten Kneipe verbrachten. Erreichbar über Pieper war das kein Problem und funktionierte viele Jahre.

Ich glaube, für einige Leute war es besser, nicht im Werk gesehen zu werden, und so gab es auch Saufbolde in höheren Stellungen, bei denen die Untergebenen auf eine Cola in das Lokal kamen und berichteten und die Instruktionen für den nächsten Tag erhielten.

Im Lokal wurden auch die richtigen Geschäfte abgewickelt, die im Werk wohl aufgefallen wären. Hier ging es nicht mehr um Schraubenpakete und mal eben zwanzig Meter Feuchtraumkabel. Hier ging es um Hoftore und Erdkabelrollen vom Schwertransporter. Mancher Betrieb hätte gern diese Umsatzzahlen gehabt.

Ein Unrechtsbewusstsein kam nie auf, denn es war ja keine Schattenwirtschaft, sondern allgemein bekannt. Wenn ich als Vorgesetzter solche Mitarbeiter verschweige, habe ich doch selbst Probleme. Und genau durch die Vertuschung solcher Sachen konnten diese Leute, die nicht nur keine Leistung für die Firma erbracht, sondern die Firma noch geschädigt hatten, über viele Jahre ungestört das Rentenalter erreichen. Es sei aber auch gesagt, dass nicht alle Pflegefälle das Rentenalter erreicht haben. Einige haben es durchgezogen und sich in allen Ehren in den Tod gesoffen. Hut ab vor so viel Konsequenz.

Diese natürliche Auslese hatte katastrophale Auswirkungen auf die Umsatzzahlen der Kneipen.

Wenn man seine Trinker verliert, die ganze Kümmerling-Kreise gesoffen haben, dann merkt man es deutlich in der Tageskasse.

Resignation

Eigentlich sollte ich an der Seite von Heidi als Vorarbeiter oder nach heutiger Bezeichnung als Teamleiter, eingesetzt werden. Leider hatte mir eine ganz dumme Aktion das Genick gebrochen. Eine Story, die auch nur mir passieren konnte.

Es war an einem Samstag, und der neue Betrieb war kurz vor der Fertigstellung. Aus dem alten Betrieb wurden die Leute, bei denen der Wechsel in den neuen Betrieb klar war, zu Reinigungsarbeiten in den Neubau geschickt. Auf einer Baustelle gibt es immer was zu tun. Wochentags war es halt problematisch, denn schon das Verlängerungskabel für einen Staubsauger wurde zu einem unlösbaren Problem, weil Mangelware und wenn vorhanden, schnellstens geklaut. Hatte man das Stromkabel gefunden, war der Staubsauger weg, und wenn alle Zutaten bereit standen, hatte ein Handwerker den Stromverteiler mitgenommen.

Man konnte ja auch Maschinenteile abwaschen oder den Boden kehren. Interessant bei der Geschichte ist, dass diese Aktionen bei Temperaturen weit unter dem Gefrierpunkt abliefen, weil der ganze Bau noch ohne Fenster war. Mal da einen Schnaps, mal dort einen Grog, und wenigstens die innere Wärme hat gestimmt. Immer in Grenzen, da viele Großkopferte umher schlichen.

Samstags in der Frühschicht waren wir unter uns und ich als Kolonnenführer mit ein paar Jungs im Dienste von SOS (Sicherheit – Ordnung – Sauberkeit) unterwegs. Die freundlichen Schlosserkollegen hatten uns am Vortag den Schlüssel zur Werkstatt anvertraut, und so konnten wir wenigstens in einem warmen Raum verweilen. Auflage war, dass der Kühlschrank

am Montag ohne wesentlichen Inhaltsverlust von den Handwerkern vorzufinden sei. Na dann mal prost ...
Leider begab es sich an diesem Samstag, dass Fremdhandwerker neue Maschinenteile in Betrieb nehmen sollten. Das wurde extra auf das Wochenende gelegt, und wir wussten sofort warum, denn als die Maschinenteile auf Temperatur kamen, war die Hölle los. Die eingeölten Dampfleitungen qualmten durch den ganzen Bau. Es stank erbärmlich und man bekam keine Luft mehr. Wir haben es probiert, und selbst im Raum mit dem tollen Kühlschrank war es nicht auszuhalten. Eine Stunde vor Feierabend habe ich zum Rückzug geblasen, und wir sind hustend in den alten Betrieb marschiert.
Ich bin zu Heidi ins Meisterbüro und habe gesagt, dass wir etwas früher heim gehen, weil wir für heute so die Schnauze voll hätten und obendrein völlig durchgefroren sind. Heidi nahm es zur Kenntnis. Es war eine der ersten Amtshandlungen von Heidi, der an diesem Wochenende den Schichtmeister vertrat.
Im Umkleideraum sind wir einem Kollegen der Folgeschicht begegnet und haben noch ein paar Späße gerissen. Dann sind wir im berühmten Lokal in der Nähe eingelaufen. Ein türkischer Kollege ist heim – ihm fehlte auch der Bezug zum Alkohol. Bislang eigentlich ein normaler Vorgang.
Eine halbe Stunde später, die Schicht war nun regulär beendet, kam ein Kollege aufgeregt in die Kneipe und sagte uns, dass das halbe Werk uns gesucht habe. Wir seien unerlaubt abgehauen, ich hätte den Kollegen im Umkleideraum mit einem Messer bedroht und obendrein seien wir alle stinkbesoffen gewesen. Ach du Scheiße – was ging denn da ab?

Die Lösung war ganz einfach. Heidi hatte sich plötzlich an kein Gespräch mehr erinnert, und ein cholerischer Vorarbeiter hatte den Vorgang in die Hand genommen und einen riesigen

Zirkus gestartet. Das größte Klatschmaul der Schicht hatte im Bus der Landarbeiter schon von Mordanschlag und Alkoholvergiftung gesprochen, und am Sonntag wurde der Tagesmeister von den „Entgleisungen" auf dem Sportplatz in einem Vorort fünfzehn Kilometer entfernt genauestens informiert. Da braute sich was zusammen, was mir langfristig das Genick brechen sollte. Ärgerlich, weil wir wegen der unmöglichen Bedingungen fast keinen Alkohol getrunken hatten. Selbst mitgebrachter Wein wurde den Schlossern gespendet, weil wir an diesem Tag keinen Nerv dafür hatten.

Die ganze Aktion sollte nur passieren, weil der tolle Heidi nicht den Arsch in der Hose hatte, mal das Maul aufzutun und die Sache gerade zu rücken. Der Anlass für seine Handlung war so nichtig, dass es der Leser hier nicht verstehen würde. Ich übrigens auch nicht. Doch das Problem sollte erst losgehen.

Am Montag durfte ich beim Schichtmeister antreten. Nur ich, da als Kolonnenführer in der Verantwortung. Diese Verantwortung war nicht einfach, denn einer meiner Mitstreiter hatte absolut keinen Anteil an der Aktion, der Zweite stand auf der Abschussliste, und der Dritte war in der Probezeit. Wenn hier also was kommen würde, musste ich die Sache auf meine Kappe nehmen. Heidi hatte Gedächtnisschwund, und so bekam ich tatsächlich den Zorn der Götter ab.

Ich sollte bestimmt zehnmal in den Büros der Obrigkeit antreten müssen, denn immer kam ein neues Detail an die Oberfläche. Woher diese Informationen nur kommen könnten? In dieser Zeit habe ich lernen müssen, dass es auf der Arbeit keine Freunde gibt, sondern diese Menschen nur Kollegen sind. Freunde sind die Leute, auf die man sich blind verlassen kann. Bestimmt drei Wochen war diese Aktion, die keine Aktion war, Gesprächsthema in der Firma und hatte das Ergebnis, dass ich Alleinschuldiger und als Führungskraft versagt hatte. Allerdings sagte mir kein Mensch diese Tatsache, denn im neuen Betrieb war Heidi der neue Schichtmeister, und Vorarbeiter gab es keinen. Dieser sollte erst in einem halben Jahr ernannt werden. Also ein Wettrennen zwischen Urrumpel und mir. In Wirklichkeit stand ich nie zur Debatte. Man wollte nur verhindern, dass ich wieder in den alten Betrieb zurückkehre, weil ich hier ja Hoffnung auf eine Beförderung hatte. Dieses Verhalten der Betriebsleitung ist nicht nur unmenschlich, sondern auch nicht im Interesse der Firma. Dazu später noch viel mehr.

Da war er nun der neue Bau. Neueste Technik, doch personell die absolute Katastrophe.

Nach einer Schulung zum kennenlernen der neuen Anlage auf Normalschicht hatte ich eine kleine Feier organisiert.
War ganz in Ordnung, abgesehen von der Tatsache, dass sich unser Metzger-Betriebsleiter neben mich setzte. Nix gegen den Mann, doch hat er immer die Bierkrüge abgegriffen, die mir die Kellnerin geben wollte. Ich hätte ein Vielfaches trinken können, wenn man mich nur gelassen hätte. Mein Namensvetter saß günstiger und konnte meinen Part übernehmen.

Im neuen Betrieb setzte sich das Personal aus Spitzenkräften zusammen, die einige Führungskräfte mitgenommen hatten, und absoluten Blindgängern, die der alte Betrieb loswerden wollte und zu Spitzenkräften hoch gelobt hatte.

Hier kommen wir zu einem uralten Problem großer Firmen, das nie aufgehört und auch in der heutigen Zeit seine Gültig-

keit behalten hat. Es geht um die Beweggründe einer Versetzung und Beurteilungen von Vorgesetzten.
Um diese Machenschaften zu verstehen, muss man sich nur in die Lage eines Vorgesetzten versetzen, der in seinem Team eine Lusche und einen Supermann hat. Lobt der Meister den guten Mitarbeiter zu sehr, wird er bald den Mann abgezogen bekommen. Also lobt man die Pfeife so sehr, dass von außerhalb Interesse angemeldet wird und man nach einer kleinen Gegenwehr den Mann schweren Herzens ziehen lassen wird. Durch dieses System sind Kuriositäten entstanden, die sich aus betriebswirtschaftlicher Sicht nur ein Konzern leisten kann, in dem ein ahnungsloser Spitzenverdiener nicht auffällt. Da werden sogar extra Posten geschaffen, in dem der Ahnungslose zwar viel Beschäftigung hat, aber um das Tagesgeschäft nicht zu gefährden, sinnlose Vorgänge abgearbeitet werden. Schlimm ist das nicht, denn manche Kanonen merken nicht einmal, dass das Ding am Monatsende kein Lohnscheck ist, sondern eine Stillhalteprämie.
Natürlich kann man nach dieser Methode auch Mitarbeiter parken, die unbequem oder gar aufmüpfig geworden sind und hier Zeit zur Wiedereingliederung in Zucht und Ordnung erhalten.
Die Gründe sind egal, denn in allen Fällen ist es für das arbeitende „Volk" nur schwer zu verstehen, dass man nur eine gewisse Stellung haben muss, dann durch immer dümmere Leistungen immer weiter nach oben und immer mehr Geld dafür bekommt. Gibt man dem kleinen Arbeiter mal Raum zum Nachdenken wird die Feststellung folgen, dass es sich nicht um ein firmenspezifisches Problem handelt, sondern auch in der Politik usw. ein probates Mittel zur Erhaltung einer gewünschten Richtung ist.

Erkennt man diese Praktiken, wird es nicht wundern, dass im neuen Betrieb diese Gesetze auch angewendet werden. So gab es drei verdiente Schichtmeister, die die besten Leute mitgenommen hatten und nur mit wenigen Luschen auffüllen mussten. Ich kam auf die vierte Schicht von Heidi, der erstmals eine Schicht übernahm, und war dort der einzige Mitarbeiter, den Heidi überhaupt kannte. Muss ich den Faden weiter spinnen? Eine Pfeife als Schichtmeister und ein zusammen gewürfelter Haufen.

Die Krönung war aber unser Vorarbeiter "Urrumpel" - die Lachnummer der Nation. Diese Konstellation in der heutigen Zeit hätte genau drei Tage überlebt - aber damals war das unwichtig - Geld spielte keine Rolle. Es ist unglaublich, dass ein Mann nicht nur eine ganze Weihnachtsgans verputzen kann, sondern auch das gesamte Produktionsergebnis einer Schicht über Jahre in den Keller fahren darf.

Aufregen hatte keinen Sinn, und es gab ja noch die Möglichkeit, aus der Sache einen Spaß zu machen.
Chef Heidi packte es nicht, die Leute mit der nötigen Fachkenntnis ihre Arbeit verrichten zu lassen, also die Kenntnisse der Mannschaft in geordnete Bahnen zu lenken, und somit haben wir es von der sportlichen Seite gesehen. Zwischen den Maschinenstörungen mal einen kleinen Schnaps, und schon sah es nicht so schlimm aus. Wir haben viel Schnaps in dieser Zeit gebraucht. Aber auch das war kein Problem, denn Heidi war eine ruhige, besoffene Mannschaft lieber, als sich den Problemen stellen zu müssen. Wie gesagt, die Mannschaft - das waren fünfzehn Männer, davon drei Drogenabhängige und mindestens sechs Alkoholiker. Die gute alte Zeit ...
Mittlerweile hatte ich wenigstens in einem Sonder-Mini-Kurs

meinen Facharbeiter gemacht. Das ersetzte zwar nicht den Zeitverlust durch die beiden unsinnigen Kurse, doch war die Sache locker. Wir waren ein Sonderkurs mit handwerklichen Teilnehmern aus der metallverarbeitenden Richtung. Dieser Kurs würde mit einem Kursus zusammen enden, der schon ein Jahr vorher angefangen hatte. Dort wurden die Maurer und Bäcker abgefertigt, denen man unterstellte, das nötige Gefühl für Technik nicht zu haben. Mir gleich, denn die paar Stunden dieses Alibi-Kurses waren absolut locker.
Etwas Unterricht bei einem Lehrer, der selbst aus einer fallenden Schneeflocke ein spannendes Lehrstück gemacht hätte. Solche Lehrkräfte gibt es leider nur wenige, und gern denke ich an seine Unterrichtseinheiten zurück.
Ganz lustig war auch ein Experimentiervortrag der Werksfeuerwehr. Da knallte und krachte es, dass man fast Angst bekam. Physik und Chemie der Extraklasse wurden da geboten, und alle Teilnehmer waren absolut wach.
Interessant fand ich folgende Begebenheit, die selbst Kumpel Volker lange bewegte.
Es war im Rahmen des Kurses und die Besichtigung der Kläranlage angesagt. Ja, wir waren in diesem Kursus viel unterwegs. Wir waren ja die Schlauen, und die Schulbank war für den Kursus der weniger Erleuchteten da.

Wir standen also vor der Pumpenstation des Werkes, in der die Abwässer des Werkes gesammelt werden und dann mittels einer gigantischen Pumpe zu einer Kläranlage transportiert werden. Der Werksleiter gab einige Erklärungen zu dem System, lobte seine Mannschaft, die einen schweren Job zu erledigen hat und öffnete dann die große Tür zur Eingangshalle. Das Gesicht werde ich nie vergessen ...
Stehen in der Halle drei Mitarbeiter, die ihre Autos waschen

und polieren. Einer schraubte an seinem Auspuff, und wie man deutlich sehen konnte, waren die Jungs perfekt mit Pflege- und Reparaturmaterial ausgestattet.
Stehen doch da glatt nach Feierabend der Betriebsleiter und eine ganze Meute in der Tür? Das Donnerwetter am nächsten Tag wollte ich nicht gehört haben. Aber der Betriebsleiter sollte noch ein größeres Problem erleben.
In der Messwarte der Kläranlage angekommen sollte uns der vor dem Monitor sitzende Mitarbeiter mal ein buntes Bildchen der Anlage aufrufen und eventuell ein paar Sätze dazu sagen. Totenstille im Raum, und der Mann stammelte, dass er ja nur der Schichtleiter sei und der Mann der Messwarte einem dringenden Bedürfnis nachgehe. Der musste bestimmt auch sein Auto putzen ...
Um die Situation nicht ganz in Peinlichkeit ausarten zu lassen, haben Kumpel Volker und ich dann die Führung am Monitor übernommen. Das System kannten wir von unserem Betrieb, und der Rest ist ganz einfach.
Auch dort wird es am nächsten Tag gewaltig geraucht haben. Eine solche Nullnummer an einem derart wichtigen Platz ist unvorstellbar.
Mich hatte mittlerweile der Schulleiter angerufen und mir mitgeteilt, dass ich schon dreimal nicht im Unterricht war und mir die Teilnahmebestätigung für den Kursus verwehrt würde. Lange Rede, kurzer Sinn – ich dem Typ derart in den Hals gekotzt und dann die Bescheinigung erhalten. Der Mann wusste, dass es für die Gesundheit aller Beteiligten besser war, mir den Wisch zu geben. Nur gegen den Begriff „Alibikurs" hat er sich etwas gewehrt. Mir gleich, mein Fehlen war entschuldigt, denn ich war Vater geworden. Gut, das Kind hat meine Frau bekommen, doch die Nachwehen hatte ich. Ich möchte das

nicht weiter ausschlachten, zumal mir da etwa eine Woche meines Lebens fehlt. Es sollte nicht die letzte Woche sein.
Die Überreichung der Urkunde fand im festlichen Rahmen statt. Da waren Pinguine als Bedienung, und es gab richtig vornehmes Essen. Alle Führungskräfte waren auch da - logisch, wenn es was kostenlos zu saufen gab.
Der Abend entwickelte sich wie es kommen muss, wenn das einfache Volk was kostenlos bekommt. Die Herren hielten sich zurück, und so kam manches interessante Gespräch auf. Allerdings wurde aus den Gesprächen eine Einbahnstraße, denn das Volk sprudelte nur so mit Informationen raus, und die durch den Alkohol gelösten Zungen redeten und redeten. Eine göttliche Informationsquelle für die „Herren". Mir war es peinlich, zumal es mir an dem Abend nicht so schmeckte. Schon nach etwa zehn Bieren schwenkte ich zu Wein und dann zu Schnaps. Wie gesagt, schmeckte es mir nicht so, und ich war also stocknüchtern. Meinem Fahrer ging es ebenso, und auch er hatte nach einem Kasten Bier so einen Druck auf den Oberbauch, der auch nach etlichen Magenbittern nicht aufhörte. Sollte es an der Zigarre gelegen haben, die wir geraucht haben. Das Volk hatte entdeckt, dass man die Bedienung auch nach Zigarren fragen konnte und dann prompt versorgt wurde. Fünfzig Mann im Raum und alle Mann einen Kotzbalken in der Sabberrinne. Die maximale Arbeitsplatzkonzentration (MAK-Wert) war mit Sicherheit überschritten. Egal, ich war nun Fachwerker – was immer man sich darunter vorstellen will ...

Die dazugehörige Lohngruppe kam auch recht zügig, und eigentlich hätte ich zufrieden sein können. Doch die Situation, stillschweigend die Unfähigkeit meiner beiden direkten Vorgesetzten ertragen zu müssen, knabberte erheblich an mir - und nicht nur an mir. So wurde dann nach etlichen Hilfeschreien von den "Wissenden" unserer Schicht die Phase der Resignation eingeläutet. Auf die Arbeit kommen - wieder heimgehen und den Zeitraum dazwischen schnell vergessen. So wurde es halbwegs erträglich, ohne die Leberwerte noch schneller in ungeahnte Bereiche zu treiben. Eine kleine Firma hätte das nicht überlebt.

Übrigens hatte sich der wilde Personalhaufen zu einer effektiven Mannschaft entwickelt, und es war viel Potential zu spüren. Auch privat traf man sich, und eigentlich hätte der Job Spaß machen können. Hätte ...

Ein kleines Beispiel des Irrsinns:
Die Anlage läuft völlig instabil - was mit der Maschineneinstellung auch kein Wunder war. Es sei bemerkt, dass solch eine Maschineneinstellung kein Hexenwerk ist, sondern das Ergebnis aus erprobten Standards und etwas Fingerspitzengefühl. Dieses kleine 1 x 1 ist das Handwerkszeug der Anlagenfahrer und besonders der Führungskräfte an der Anlage.

Ein von mir ausgebildeter Maschinenführer stellt ein wichtiges Anlagenteil auf der rechten Seite ein. Danach wechselt er auf die linke Seite, um dort die nötigen Einstellungen vorzunehmen. Inzwischen inspiziert unser geliebter Vorarbeiter die rechte Seite und verstellt sie ohne Grund und ohne Sinn. Mein Maschinenführer wechselt wieder auf die rechte Seite - Urrumpel wieder auf die linke Seite usw. - und Chef Heidi sieht tatenlos zu. Er wusste, was da schief lief, hatte aber einfach nicht den Mut, seinen Vertreter auf die Toilette zu schicken oder den Schuhputzautomaten im Erdgeschoß kontrollieren zu lassen. Es kam wie es immer kam, und die Anlage lief erst wieder in der Folgeschicht - die keinen Urrumpel hatte. Das man schon über uns lachte, war uns gleichgültig. Wir wussten es besser, wir haben es angeboten, wir haben um Hilfe gerufen, doch der Firma war es schnurz.

Ich glaube, dass es in jeder Firma solch einen Urrumpel gibt und man auch solche Leute sinnvoll einsetzen kann. Warum man aber durch solche Fehlbesetzungen für die Firma sinnvolle und somit gewinnbringende Personalentscheidungen blockiert, wird man mit gesundem Menschenverstand nie erklären können. Ein eindeutiger Nachteil einer großen Firma und mit Sicherheit kein Relikt der Vergangenheit.

Mittlerweile hatte ich meinen Meisterkursus angefangen, obwohl ich die Gesellenprüfung ja aus unliebsamen Gründen nicht machen konnte. Meisterkurs zu dieser Zeit bedeutete: Der gesamte Urlaub weg und freie Tage einarbeiten. Das Wort Bildungsurlaub war in unserem Betrieb ein verbotenes Wort. Hoffentlich lesen dieses Buch auch ein paar ältere Arbeiter, denn der Nachwuchs wird es mir nicht glauben. Es ist wohl auch kurios, in einer Zeit der Vollbeschäftigung, in der man sich seinen Arbeitsplatz aussuchen konnte, auf der anderen Seite aber tiefes Mittelalter war. Ich verstehe es auch nicht, aber so war es wirklich.

Dass ich und ein paar andere Mitstreiter nur als Lückenfüller in diesem Kurs waren, weil Plätze übrig waren, habe ich schnell bemerkt. Beim ersten Unterricht wurde sogar Kumpel Volker in der Anwesenheitsliste abgefragt. Volker war schon bei der Aufnahmeprüfung vorzeitig abgehauen, weil er sich keine Chancen ausgerechnet hatte.

Den Stoff haben die frisch Ausgelernten kaum geschafft und überhaupt - nach sieben Tagen Frühschicht noch Tage einarbeiten war mir einfach zuviel, da ich diese Zeit benötigt hätte, mir die fehlenden Voraussetzungen für den Lehrstoff anzueignen. Das Thema war für mich abgehakt. Zu hart erkauft die Sache. Schade eigentlich, denn ich war mehr Meister als manche Marionette mit dem besagten Papier.

Wie schon beschrieben, war bis auf die Schichtleitung, unsere Mannschaft ganz in Ordnung. Zwar wurde ich von einem Drogenabhängigen als Alkoholiker denunziert, was aber ohne Folgen blieb. Ich machte mein Ding, und irgendwann ist mir der Kamm geschwollen.

Urrumpel hat mal wieder die Anlage an den Abgrund gefahren und kam noch blöd. Ein HB-Männchen war Dreck gegen mich. Ich hinter dem Kerl her, in der Absicht den Fall für immer zu lösen. Ich wollte den Artisten kalt machen. Leider ging Heidi dazwischen und hat Urrumpel in die Produktionshalle geschickt und mir den Zugang verbaut. Ich habe Heidi aufgefordert, die Sache nun endlich mal wie ein Mann anzugehen oder durch mich die Lösung zu erleben. Guter Gott, war ich drauf. Dauert lange bei mir, aber wenn es mal so weit ist, rennt selbst ein Pitbull besser weg. Ich bin einfach heim gegangen, und Heidi fand es auch besser, wenn ich diese Nacht nicht mehr auf mein Feindbild Nummer Eins treffe.

Meine Aktion war für den Arsch, denn geändert hatte sich nicht nur nichts, sondern es wurde immer schlimmer.

Die Spinne hätte es fast gepackt, und das Problem wäre gelöst gewesen. Die Tatsache, dass Urrumpel nicht nur planlos, sondern auch noch cholerisch war, war der Sache sehr dienlich. Die Spinne hatte in kurzer fachlicher Diskussion den Ahnungslosen so auf Volldampf gebracht – binnen fünf Sekunden – dass Urrumpel zum körperlichen Verweis auflief. Spinne wäre umgefallen und unser Problemfall entlassen worden. Die Dampflok war so in Fahrt, dass ich Angst um die Gesundheit unserer Spinne bekam und zusammen mit Heidi dazwischen bin. Schade, denn die Aktion war zu spontan und hat uns selbst überrascht. Man hätte sich absprechen sollen.

In direkter Nachbarschaft unserer Anlage wurde noch eine neue Maschine gebaut. Ein Riesending mit gigantischer Technik. Dort fand ich mich wieder, in einem Bereich, in dem man Mitarbeiter parkt. Heidi hatte seine Ruhe, weil dieser Bereich nun fachlich gut abgedeckt war und ich von Urrumpel entfernt war und die Newcomer sich extra blöd angestellt haben, nur um aus dieser Beförderungsbremse weg zu kommen - weit weg. Ich halte ja das Maul - habe es immer gehalten und werde es auch hier wieder halten.

Immerhin hatte ich mir einen kleinen finanziellen Vorteil geschaffen, denn es gab die Möglichkeit, außertariflich kleine Summen extra zu erhalten. Mehrere kleine Happen über die Jahre gesammelt ergaben monatlich durchaus zehn und mehr Prozent gegenüber den anderen Mitstreitern. Ein tolles System, denn Motivation erreicht man durch einen interessanten Arbeitsplatz, Lob oder Geld. In diesem Fall war es also das Geld ...

Aus heutiger Sicht war es das Paradies, und ein Werksleiter sah die Mitarbeiter lieber im Aufenthaltsraum, denn dieses bedeutete keine Maschinenstörung. Ein leerer Aufenthaltraum bedeutete Störung an der Anlage. Eine einfache Logik, aber treffend. In diesem Betrieb tickten die Uhren völlig anders, doch tauchte wieder ein Problem auf, das sich fast erledigt hatte.

Alkohol war bis auf kleine Ausnahmen kein Thema mehr am Arbeitsplatz. Die letzte große Feier fand in einer Nachtschicht zu Silvester statt. Ja, auch das gehört zur Schichtarbeit.
Diese Feier war absolut nicht geplant, und im Kühlschrank fanden sich plötzlich mehrere Flaschen Hochprozentiges. Heidi hatte frei, und somit war Urrumpel Chef und ich der Vertreter.
Roman machte eine Kühlschrankkontrolle, und somit war die erste Flasche Geschichte. Urrumpel hatte ich mit Strohrum binnen zehn Minuten ausgeschaltet. Macht sich Mischungen wie normaler Cola-Cognac und ignoriert die Achtzig Umdrehungen des Touristentrunks. Den hat es sauber zerrissen.
Roman hatte mittlerweile Durst bekommen, und mein kleiner Carlos fuchtelte schon mit seinem Messer rum, als ich um etwas Zurückhaltung bat. Ja, da steht der Zwerg vor mir und bedroht mich mit dem Messer. Einfache körperliche Gewalt, und Carlos war wieder bei Sinnen. Problem war seine Flasche Schnaps im Kühlschrank. Wenn Carlos die Buddel auch noch schluckt, gibt es ein Massaker. Na, eine Lösungsidee?
Richtig – Roman, ich und einige Wenige nahmen sich der Pfütze an, und nun konnte Mitternacht kommen. Kam auch, und wir sahen durch die Fenster die ersten Raketen in der Stadt aufsteigen. Vor dem Fenster lief unser Mitarbeiter für den Außenbereich und feuerte mit einer Leuchtpistole in den Himmel, um die bösen Geister zu vertreibe. Wie das unser späterer Werks-Drogen-Beauftragte noch geregelt bekommen hatte, ist ein Wunder. Aber wer es packt, in der Frühschicht mit vom Werksarzt gemessenen über drei Promille anzutanzen, ohne dass Heidi auch nur den Ansatz eines Verdachts hat, ist wohl einiges gewöhnt. Voll wie tausend Russen ...
Man suchte einen Nüchternen, der im Außenbereich mit einem riesigen Dieselstapler Rohstofftransporte übernimmt, die

manchmal auch in der Nacht erledigt werden mussten. Mit einer Flasche Cognac war ich prädestiniert für diesen Job. So ergab es sich, dass ich in meiner Latzhose, den Oberkörper frei bei 11 Grad Minustemperatur im Freien zwischen den Europaletten aktiv war.
Gemütlich wurde es, als die Schichtelektriker vorbeikamen und eine Flasche Asbach dabei hatten. Natürlich haben diese Leute eine große Verantwortung, und so war einer der beiden noch einsatzklar. Mit dem anderen leerte ich auch diese Kleinigkeit. Der Kotflügel dieses Staplermonsters hatte genau die Höhe einer Kneipentheke. Oberkörper frei bei Minustemperatur und der Stapler zur Theke umfunktioniert und immer noch vier Stunden bis Feierabend.
Urrumpel hatte ganz andere Probleme, denn die Ablösung der Frühschicht rückte näher, und er war zu wie eine gezogene Handbremse. Literweise Kaffee brachten nicht den gewünschten Erfolg, denn der Rausch hatte keinen Bock zu weichen. Natürlich hatte Peter von der Frühschicht gemerkt, was da los war. Sind halt nicht alle Kerle solche eisenharte Männer wie ich. Nach der Nacht war ich erst mal eine Woche krank, so hatte ich mir mit meiner oberkörperfreien Aktion den Duft geholt. Da hat wohl noch etwas Frostschutz gefehlt ...

Doch wie gesagt, waren einige Kollegen vom harten Kern nicht mehr dabei, und gesoffen wurde privat oder heimlich. Diese Orgien gehörten der Vergangenheit an. Doch durch die neue Anlage wurden auch neue Kollegen aus anderen Werksteilen rekrutiert. Mannomann, was waren wir doch brave Pastorentöchter gewesen. Um ehrlich zu sein, hier kam ich nicht mit und wollte eigentlich auch nicht. Und so war es ein Schockerlebnis, das mich auf der Arbeit vom Suff entfernte.
Es war mitten in der Nachtschicht gegen 2 Uhr im Prüfraum

der Qualitätskontrolle. Unter der Spüle gab es diverse Schnäpse im abschließbaren Schränkchen verstaut. Unsere kleine Abgesandtschaft hatte gerade eine Verköstigung vorgenommen und die gespülten Gläser verstaut und einen Kaugummi in der Schnute, als die Tür auffliegt. Der Werksleiter der anderen Abteilung - der krasse Mensch - stand im Raum. Alle Frühwarnsysteme hatten versagt, und die Saufkumpane beim Werkschutz mit der Garantie des Anrufes, wenn ein Bereitschaftler in der Nacht ins Werk kommt, gab es nicht mehr.

Uns und besonders mir gefror das Blut in den Adern. Ausgerechnet dieser scharfe Hund, und nicht mal in der Nachtschicht kann man in Ruhe sein Schnäpschen trinken. Zum Glück konnte ich schon immer ganz gut labern, auch wenn ich mal nicht ganz im Bilde war, und so konnte ich auf seine Frage nach unserem Anwesenheitsgrund im Prüfraum in dieser gebündelten Formation eine glaubwürdige Antwort geben. Ich bin der festen Meinung, dass der krasse Mensch genau wusste, was hier gelaufen ist und uns das als Warnung präsentierte. Ihr könnt mir glauben, dieser heilsame Schock führte dazu, dass ich auf der Arbeit keinen Schluck - außer Wasser - mehr angerührt habe.

Das bedeutet natürlich nicht, dass wir zu Klosterbrüdern wurden und so erinnere ich mich mit Schrecken an so manchen Feierabend. Unser Theo hatte tatsächlich ein Auto und einen Führerschein, also eine Kombination, die zu unabhängiger Mobilität führt. Jeder kennt Kitschfilme, wo alle Handlungen unglaubwürdig übertrieben sind und somit billig wirken.

Wir waren besser, um viele Klassen besser. Vier Mann im Auto - der Fahrer mit der Flasche Jägermeister zwischen den Beinen, der Beifahrer mit einem Joint beschäftigt, mein Spezi

hinten neben mir mit einem Flachmann und einer Flasche Äppelwein und ich mit einem Secherzug Bier beschäftigt. Jeder mal an der Tüte gezogen, und nach etwa zehn Minuten war ich daheim und bin öfter aus dem Auto rausgefallen. Scheiß frische Luft ... Was werden sich nur die Leute gedacht haben? So ein junger Mensch und schon um die Mittagszeit so besoffen. Arbeitsloses Gesindel, soll lieber arbeiten gehen und nicht die Stütze versaufen. Das sind so Stimmen, die ich manchmal im Nebel hörte. Deutlicher wurden die Stimmen, wenn sich die liebreizende Stimme meiner lieben Frau zu dem Nebel addierte. Ging es mir nicht schon so beschissen genug?
Wollte ich nicht die Saufgeschichten weglassen? Tut mir leid, aber ich erzähle hier nun einmal eine Geschichte, und da kann ich nicht einfach einen wesentlichen Teil ignorieren. Aber weiter zur Firma ...

Ich war in einem Betriebsteil geparkt, der zwar eine geistige Herausforderung war, aber mich räumlich einengte und mich abseits vom Gesamtprozess ohne Entscheidungsgewalt und Möglichkeit bevorratete.

Hatte ich eigentlich berichtet, dass ich zum Vertrauensmann der Schicht gewählt wurde? Das war nur logisch, denn ich setzte mich für die Belange der Mitarbeiter ein und verlor dabei das Firmeninteresse nie aus den Augen. Besonders meine Kompetenz im Umgang mit den ausländischen Mitarbeitern brachte mir große Sympathien ein. Die Betriebsleitung sah es allerdings nicht gern und unterstellte mir Interessenkonflikte, da ich als Vorarbeiter ja zu den Führungskräften gehöre. Man stelle sich vor, welch eine anspruchsvolle Stellung als eigentlich letztes Glied in der Firma zum vorletzten Glied ernannt zu werden. Es langte für einige dumme Mitarbeiter zu denken, es nun in die Führungsriege geschafft zu haben und mit den Großen ebenbürtig zu sein.

Von diesen dummen Menschen lebt solch eine Firma, denn diese fünf Prozent Mitarbeiter bringen mindestens siebzig Prozent der Gesamtleistung - bei eben auch nur fünf Prozent mehr Lohn. Betriebswirtschaftlich genial und klappt immer.
Ich war zwar auch einer dieser Dummköpfe, passte aber nicht in das Schema. Ich gehörte zu der Minderheit, die eine ganze Mannschaft zu Höchstleistungen motivieren konnte, aber auch in den Keller treten konnte und in der Stellung eines Vertrauensmannes für die Firma schwieriger zu kontrollieren und zu bändigen. Die Firma brauchte keine Angst zu haben, dass etwas passierte, weil die Zeit nicht reif war.

Ein Beispiel: Der Firma ging es kurzfristig nicht so gut, und es lief allgemein nicht rund. Also lud die Firmenleitung die Vertrauensleute ein, und es wurde vereinbart, von dieser Sitzung kein Protokoll anzufertigen, weil sonst Hemmungen auftreten könnten, die Meinung frei zu äußern. Wir konnten Klartext reden, und der Personalchef fragte in die Runde, was denn in dieser Firma stinke und was unmittelbar und sofort in Angriff genommen werden müsse. Mein Herz ging auf, und ich wollte gerade loslegen, als eine Wortmeldung als dringendstes Problem forderte, einen zweiten Parka auf dem Gabelstapler zu bevorraten, denn es würde ganz schön kalt im Winter.

Ich konnte sehen, wie der Firmenleitung das Gesicht eingeschlafen ist. Ein anderer Vertrauensmann wollte dann noch ein zweites Sonntagsschichtessen für seinen Bereich haben, und die Sicherheitshandschuhe eines anderen Anbieters sollten doch mal ausprobiert werden. Ich sah alle unsere Chancen aus dem Fenster fliegen und kam dann doch mit einem Hammer raus. Nun wurden die Chefs wieder wach und bekamen lange Hälse, und meine Kollegen Vertrauensleute erstarrten zur Salzsäule. Die Sitzung verlief nun in meinem und im Sinne der Firmenleitung - mit mir als Alleinunterhalter. Damit hatte ich aber noch nie Probleme.

Am nächsten Tag ging die Firmenleitung an die Betriebsleitung und wollte Stellungnahmen zu einigen Punkten. Der Betrieb nicht blöd und um die Sitzung wissend, stellten den anwesenden Vertrauensmann in die Ecke und erfuhren so haarklein, wer da so wild gepfiffen hatte.

Ich kam in die Spätschicht und hatte schon die Einladung zum Betriebsleiter - eine Ehre, die nicht oft vergeben wurde. Ich hätte darauf verzichten können, und so wurde ich freundlich begrüßt mit den Worten: "Lieber Mitarbeiter, im Namen der Betriebsleitung danke ich Ihnen für die ehrenamtliche Tätigkeit als Vertrauensmann und habe Verständnis, dass Sie aus persönlichen Gründen - ich weiß, dass Sie nebenbei noch eine kleine Firma haben - ihr Mandat als Vertrauensmann niederlegen. Vielen Dank für die bis heute harmonische Zusammenarbeit - unterschreiben Sie bitte hier."

Ich möchte an dieser Stelle nicht die Entgleisungen wiedergeben, die auf meine Frage nach den Folgen bei Ablehnung des Rücktrittes, aus dem Mund des Akademikers kamen. Eine interessante Erfahrung, und mir fiel ein alter Spruch eines weisen Mannes ein, der sagte: "Stell dir dein Gegenüber immer nackt vor und sei dir gewiss, dass er am Arsch auch nach Scheiße stinkt!" Zweifelsfrei wahre Worte, doch für mich nutzlos. Ein Mauseloch - ein Königreich für ein Mauseloch in diesem Moment.

Um es ganz deutlich zu sagen – jeder Mitarbeiter kann in einer Firma machen was er will, wenn er dabei seinen Vorgesetzten nützlich ist. Berührt er dabei aber Kompetenzen der Führungsriege, wird er spüren, was wirklich Macht ist und wer da am längeren Heben sitzt. Diesen Umstand als einfacher Arbeiter oder Angestellter zu vergessen, bedeutet beruflichen Suizid. Diese These ist nicht diskutabel, und es gibt auch keine Ausnahmen davon. Wer darüber diskutiert und nicht merkt, dass er schon im Aus steht, hat die Realität verpennt.. Bitte diesen Satz nicht abwertend auffassen, denn mir erging es auch so.

Hoffnung

Die Phase der Resignation endete mit der Zerschlagung alter Schichtgefüge. Ich war mittlerweile so auf Alkohol, dass die Auswirkungen nur schwer zu verdecken waren. Starker Einbruch der Leistungsfähigkeit, wobei das bedeutete, dass ich auf ein normales, eigentlich ausreichendes, Level reduziert war. Lediglich erhöhte Fehlzeiten hätten mich verraten können. Es wäre noch Jahre so weiter gegangen, da die Sauferei auf der Arbeit eingeschlafen war und die privaten Ausschweifungen zwar bekannt waren, doch nicht unmittelbar mit dem Leistungseinbruch in Verbindung gebracht wurde. Hört sich für Nichtbeteiligte geschwollen an, aber ein durchschnittlicher Drittklässler hätte vom Niveau her, diesen Arbeitsplatz auch bewältigt.

Warum ich es mit der Angst zu tun bekam, hatte also nicht unbedingt mit dem Arbeitsplatz zu tun, sondern lag im Privaten. Meine erste Ehe war schon geschieden, weil wir durch die Schichtarbeit keine Berührungspunkte mehr hatten. Meine damalige Frau arbeitete zu allem Überfluss auch im Schichtdienst, und so sahen wir uns manchmal viele Tage nicht. Wir wohnten zwar in einer Wohnung, aber schon lange nicht mehr miteinander. Eine gütliche Scheidung war die sauberste Lösung.
Meine neue Lebensgefährtin, mit der ich einen Sohn habe, war da etwas anders gestrickt. Trotzdem würden wir auf Dauer so nie auf einen grünen Zweig kommen.

Ich trat den Schritt nach vorn und machte mein Alkoholproblem öffentlich und begann gleichzeitig das Saufen einzustellen.

Natürlich musste ich meine Schichttauglichkeit beweisen und wurde zur Chefsache erklärt. Ein mulmiges Gefühl beschlich mich, als ich dem leitenden Werksarzt gegenüber saß und auf sein Donnerwetter wartete. Dieses mulmige Gefühl hatte einen guten Grund.

Im Rahmen des betrieblichen Vorschlagwesens hatte ich angeregt, diverse Veränderungen bei der Ausbildung der Sanitäter unserer Werksfeuerwehr vorzunehmen. Hier bewegte ich mich auf dem Gebiet der Zuständigkeit des Werksarztes. Dieser hat nicht verkraftet, dass ich immer wieder eklatante Fehlgriffe dieser Sanitäter aufdeckte und dabei aber anonym geblieben bin.

Mein Freund Juppes war solch ein Opfer der Werksfeuerwehr, denn Juppes erlaubte sich vor den Augen von Spinne und mir, einen Kreislaufkollaps zu erleiden und sich in die Horizontale zu begeben. Spinne rief über Notruf den werksinternen Krankenwagen, und wir legten unseren Juppes in die stabile Seitenlage und machten die obligatorische ABC-Kontrolle (Atmung – Bewusstsein – Kreislauf).

Die Aufzugstür flog auf und ein typischer Feuerwehrmann, der durch eine Tür nur mit der Streitaxt geht und nie die Türklinke nutzt, und ein Bub, dem die Uniform drei Nummern zu groß war und dessen Helm direkt vom Kopf rutschte. Allein das Erscheinungsbild der Beiden war eine Lachnummer – allerdings mir traurigem Ausgang, denn Rambo riss Juppes an sich und fing sofort mit einer Beatmung von Mund zu Mund an. Kein Kopf überstreckt und die ganze Luft in den Magen gepresst, was zu einer heftigen Abwehrreaktion unseres armen Kollegen führte. Rambo deutete das als erfolgreiche Wiederbelebung und schrie ins Funkgerät, dass er den Patienten zurückgeholt habe. Ich war so platt – ich stand da wie gelähmt und konnte erst langsam den Rambo überzeugen, dass er sofort alle Aktivität am Patienten einstellt, den Notarztwagen bestellt und in der Zwischenzeit unseren Juppes unter Gabe von Sauerstoff in den Krankenwagen legt, bis der richtige Notarztwagen kommt. Im übrigen hätte das Spitzenteam alle Aktivität zu unterlassen. Andernfalls sei ein körperlicher Verweis durchaus möglich.

Als Juppes auf der Trage rausgeschleppt wurde, rülpste er wie eine Kuh die in den Magen gepumpte Luft aus. Ich sah vom Fenster dann, wie die Einlagerung in den Krankenwagen erfolgte und wie dann zwei Mann im dunklen Krankenwagen nach dem Lichtschalter suchten. Keine Chance, und ich bin dann runter gegangen und habe die Blindheit beendet und dabei mitbekommen, wie Rambo mit dem anrollenden Notarztwagen funkte und fragte, wie die Einstellung der Sauerstoffgabe erfolgen solle. Natürlich habe ich dem Blinden auch das noch erklärt, und Juppes kam mit einem kleinen Aussetzer in die Klinik. Warum ich diese Story hier so ausschlachte?

Weil Juppes laut Aussage der Blindgänger in der Klinik mit einem Zustand nach erfolgreicher Reanimation nach einem Herz-Kreislauf-Stillstand abgeliefert wurde und hier zwei Wochen unnötigerweise auf den Kopf gestellt wurde.

Dieses Beispiel führte ich in meinen Bestrebungen um eine bessere Sanitäterausbildung auf, und der Leiter des betrieblichen Vorschlagwesens teilte mir mit, dass sich der Werksarzt sehr um die Sache bemühen werde, aber nur wenn er mit dem anonymen Vorschlagseinreicher ein Gespräch führen könne. Natürlich untersagte ich die Nennung meines Namens, weil ich Probleme für mich am Horizont aufziehen sah. Umso überraschter war ich, als der Old Man der Werksfeuerwehr mich anrief – genau der Mann mit der nicht ganz kompletten Lohnabrechnung von damals – und mir direkt sagte, dass dieser Vorschlag nur von mir kommen könne. Der Werksarzt

habe diesen Vorgang untersucht und ein Donnerwetter vom Stapel gelassen.
Old Man rief mich an, um mir zu berichten, dass so ein Unding nicht mehr passieren werde, denn beide „Sanitäter" hatten keine Ahnung, der Jüngling sogar frisch in der Feuerwehr. An diesem Tag kam es leider zu erheblichen personellen Problemen, und somit kam diese Unglücksbesatzung in Aktion.
Gut, wenn mein Vorschlag zur Vermeidung solcher Unmöglichkeiten beigetragen hatte, war die Aktion ein Erfolg, denn ich habe meine Verbesserungsvorschläge nie wegen des Geldes gemacht.
Ich hatte allerdings schon früher Kritik am Rettungswesen in der Firma geübt, denn was ich dort manchmal sehen musste, war eine einzige Katastrophe.
Abgesehen von den mangelnden medizinischen Fähigkeiten, fällt mir ein übles Zusammenspiel von Unfähigkeit und Dummheit ein, als ein Werksstudent schwer verunfallte.
Mit diesem Studenten verband mich eine Freundschaft, da wir mit dem selben Computermodell hantierten und uns privat austauschten. Übrigens war zu dieser Zeit Windows noch nicht als Betriebssystem geboren.
Genau dieser Student geriet in die Maschine und lag bewusstlos in einem Verhau von Stahlträgern. Walter, seines Zeichens ehemaliger Sanitätsgefreiter, und ich bargen den Verunglückten, um seine Vitalfunktionen überprüfen zu können. Er lebt, obwohl es bei Betrachtung des Ablaufes eigentlich nicht möglich ist. Er lebt – den Rest kriegen wir auch noch hin.
Die Werkssanitäter kamen schnell und wollten das Menschenbündel auf die Trage knallen und ab ins Krankenhaus, wie das so üblich war. Kopf ab? Egal, Hauptsache aus dem Werk raus. Walter und ich nahmen den Supersanitätern sofort den Wind aus den Segeln und verboten den Pfeifen jegliche Aktion am

Patienten. Notarztwagen sei zu verständigen und die Vakuummatratze sofort beizuschaffen. Die Ahnungslosen merkten sofort, dass sie besser keinen Widerspruch leisten. Allerdings musste ich erst erklären, wo die Vakuummatratze zu finden war, denn die Jungs hatten sich nie Gedanken gemacht, wofür der Kofferaufbau auf dem Dach des Krankenwagens gedacht war. Aber auch diese Hürde haben wir gemeistert, und nach einem Schnellkurs über Sinn und Funktion dieser Spezialmatratze, wurde das Gerät tatsächlich eingesetzt. Mit Interesse haben die Leute die Funktion der Absaugeinheit bewundert. Diesen Koffer hatten die Leute noch nie geöffnet.
Der städtische Notarztwagen kam und dokterte fast eine Stunde an unserem Studenten herum, bevor der Transport in die Klinik gestartet wurde.
Schichtleiter Heidi hatte nun die Aufgabe, einen Angehörigen von diesem Umstand in Kenntnis zu setzen und erreichte den Vater. Heidi sagte dem Vater: „Hallo, Herr X, Ihr Sohn hatte gerade einen Unfall und ist im Krankenhaus. Bei einem gleichartig gelagerten Unfall in einem Partnerwerk war der jenige sofort tot, aber Ihr Sohn lebt." Ist das nicht eine tolle Ansage?

Freund Student hatte nach kompletter Untersuchung nur Prellungen und Hautabschürfungen. Konnte ich nicht glauben, aber umso besser. Erst nach einer Woche und unvorstellbaren Schmerzen wurde der Mann nochmals untersucht. Schulter, Arme, Ellenbogen usw. waren gebrochen, was erst übersehen wurde. Nun passten die Verletzungen halbwegs zum Geschehen, wobei der Junge wirklich nur knapp am Sensenmann vorbeigeschrammt ist.
Die Eltern haben einen Anwalt eingeschaltet, weil nach Heidis Aussage dieser Arbeitsplatz als gefährlich bekannt war und ein

Werksstudent wohl kaum die nötige Erfahrung hat, um an einem solchen Platz eingesetzt zu werden.
Man versprach, meinen Freund auch in den nächsten Jahren als Werksstudent einzusetzen, wenn die Anzeige zurückgezogen würde. Die Anzeige wurde zurückgezogen, Student verlor zwei Semester und durfte sich zum Dank nie wieder blicken lassen. Ein Mann ein Wort – ein Tagesmeister und leere Versprechungen.
Dieses Buch könnte noch weitere Storys dieser Art enthalten, war aber nur zur Verdeutlichung eines meiner Probleme gedacht. Dieses Problem sollte mich später erheblich belasten, da sich mein Gesundheitszustand verschlechterte. So war mein oberstes Gebot, niemals im Werk zu einem medizinischen Notfall zu werden. Ich musste es immer bis vor das Werkstor schaffen, egal wie. Dazu später mehr …

Aber wir waren ja bei meiner Vorladung in der werksmedizinischen Abteilung. Hätte der Werksarzt gewusst, wer da vor ihm sitzt, hätte ich bestimmt nicht nur das Alkoholproblem auf der Tagesordnung gehabt.
Das Gespräch begann aber sehr freundlich und um ehrlich zu sein - zu freundlich. Langsam kam der Medizinmann auf den Punkt, denn seine Abteilung hatte einfach gepennt, denn meine Leberwerte konnte man über viele Jahre kontinuierlich ansteigen sehen und waren schon seit Jahren auf einem Level, wie es nur im Profilager von Entzugskliniken zu finden ist. Der Werksarzt bat mich sogar um Entschuldigung dafür, dass man es einfach verpasst hatte, mir schon viel früher Hilfe anzubieten. So erfuhr ich, dass der Doktor nach einer Scheidung auch einen Ausflug in das Land der flüssigen Drogen unternommen, dort keine Lösungen erhalten hatte und schnell wieder auf den Pfad der Tugend gekommen war. "Alkohol ist kei-

ne Lösung" so seine eindringlichen Worte. An dieser Stelle sei bemerkt, dass der leitende Werksarzt in dieser Zeit ein Mann mit Rückgrat war, der nicht nur einen Kittel trug, sondern auch ein Arzt im Sinne des Patienten war, denn seine korrekte Bezeichnung war Arbeitsmediziner und nicht Werksarzt - dass wurde dann sein Nachfolger wieder.

Natürlich hatte das freundliche Gespräch auch einen Grund, denn auf Anraten meines Kumpels Volker hatte ich tatsächlich zwei Wochen lang keinen Tropfen angerührt. Das war kein Problem für mich, und ein Mediziner erkennt an den Leberwerten tatsächlich schon so schnell, ob man auf dem richtigen Weg ist. Es gibt neben den Langzeitwerten auch Werte, die schon sehr schnell anschlagen. Mein Kumpel kannte sich da aus und hat so schon manche Untersuchung für die Arbeit und seinen Führerschein gemeistert. Wozu hat man auch Freunde, wenn man nicht aus deren Erfahrungsschatz schöpfen würde?

Mein Selbstentzug klappte auch - vorerst. Heute frage ich mich, warum ich mich nicht zu einer Entziehungskur habe einweisen lassen ..., aber ich hatte zur damaligen Zeit Angst, die vielen Monate Fehlzeit zu verursachen. Denn die Fehlzeiten waren mein Manko. Nicht mangelnde Leistungen, denn im Schlaf mit verbundenen Augen habe ich mehr hinbekommen, als mancher "Normale".

Doch soll es in diesem Kapitel um Hoffnung gehen und nicht um meine Wehwehchen.
Bei der Zerschlagung der Seilschaften musste ich die Schicht wechseln. Weg von Heidi - hin zu Peter. So sieht man sich

wieder und schon war ich an der neuen Anlage im Bereich der Hoffnungslosen und machte meine Arbeit.
Übrigens wurde Heidi seinen Schichtleiterposten los und ich kam zu Peter auf die Schicht, weil mich kein anderer der Schichtleiter haben wollte. Hier hatte ein Karrieregeier, den ich selbst an der Anlage angelernt hatte, ganze Arbeit geleistet. Ist selbst drogensüchtig und outet mich als Alkoholiker. Dieser kleine Drecksack hat alle dunklen Geschichten unserer alten Schicht ausgeplaudert. Alle Schichten hatten genug Dreck am Stecken, aber denen fehlte der Verräter. Heidi war erledigt und ging auf Normalschicht, und ich konnte froh sein, dass Peter die Storys des Verräters ignorierte. Mein Ruf war aber im Arsch …
Peter begrüßte mich auf der Schicht und sagte nur, dass wir uns kennen würden und die Zusammenarbeit keiner Worte bedürfe. Herzlich willkommen – das waren Worte eines Mannes und Meisters.

Diese Schicht war anders gestrickt, und ich konnte nun sehen, warum diese Schicht immer die anfallende Arbeit geschafft hat und ich mit meinen Mannen auf der alten Schicht nicht. Eigentlich hatte ich immer Qualitätsarbeit für meinen guten Lohn geliefert, doch konnte ich mich schnell den Gegebenheiten dieser Schicht anpassen.

Es ist kein Geheimnis, dass ein Betrieb von seinen guten Mitarbeitern lebt. Was aber ein guter Mitarbeiter ist, wird von Führungskräften festgelegt, deren Sichtweite mehr als eingeschränkt ist. Wie ich das meine ist schnell erklärt.
So war mir bekannt, dass unser Produkt wegen diverser Mängel bei einem Großkunden auf der Kippe stand und die anderen Anbieter hier bessere Ware liefern konnten. Die Betriebs-

leitung verfasste einen ganzen Katalog, um diese Mängel zu erkennen und nicht zum Kunden gelangen zu lassen. Es bedeutete natürlich Mehrarbeit, diente aber der Arbeitsplatzsicherung. Diese Mehrarbeit hätte eine gewisse Umstrukturierung des Personals an der Anlage erfordert, die aber nie passiert ist. Ich rede nicht von Personalaufstockung, sondern nur von sinnvoller Platzierung.

Ich schaffte es nicht, mit meiner Mannschaft das anfallende Produkt zu bewältigen und übergab der besser besetzten Schicht – auf der ich nun war – etwas Überhang. Das bedeutete immer Beschwerden über mein Team, und ich wurde angehalten, die Qualitätssicherung auf ein notwendiges Minimum zu beschränken.

Auf meiner neuen Schicht wurden diese Qualitätssicherungsmaßnahmen schon erledigt, obwohl das Produkt noch in der Produktion war. Listen und Messungen wurden angefertigt, ohne das Produkt gesehen zu haben. Kann man so dumm sein?

Packen den korrekten Arbeitsablauf nicht und stellen den Mann ins Abseits, der versucht, diese Situation zu verbessern und das Personal dafür zu organisieren. Die Betriebsleitung folgt sogar den Beschwerden der Leute und fordert mich auf, mir mein eigenes Grab zu schaufeln. Wenn die die Arbeit schaffen und ich nicht, muss doch meine Arbeitsweise nicht optimal sein.

Nun wurde mir klar, wie diese Leute arbeiten. Warum die Männer aber diesen Unsinn machen, habe ich bis heute nicht begriffen. Gut, in diesem Fall waren zwei Mitarbeiter eingebunden, die durch ihre „Glanzleistungen" wohl vorhandene Minderwertigkeitskomplexe kaschieren wollten. Dass diese Dummköpfe ihre eigenen Arbeitsplätze gefährden, war mir gleich, aber es war auch mein Arbeitsplatz.

Es macht aber deutlich, wie eine Führungsetage so im Kopf fit ist. Denn wenn ein hoch dekorierter und für seine Fähigkeiten bekannter Mitarbeiter sein Pensum nicht schafft, würde ich wenigstens die Hintergründe beleuchten. Besonders in einer Situation, die an der Grundlage der Firma kratzt.
Mit dem Taschenrechner das Ende der Welt berechnen, aber drei und drei zusammenzählen klappt nicht. Die Betriebsleitung entfernte sich immer weiter vom Personal, und es sollte noch viel schlimmer werden.
Ich integrierte mich nahtlos in die Truppe, und mir war keine Arbeit zuviel. Selbst unliebsame Dinge erledigte ich freiwillig ohne Aufforderung, und ich schickte die anderen Mitarbeiter in die Pause und hielt die Stellung. Ich bemerkte die Verwunderung der Leute, denn ich war ja als fauler Kerl bekannt, der seine Arbeit nicht packt. Schnell waren diese Gedanken ausgeräumt, und man trat mir nicht mehr mit einer gewissen Reserviertheit entgegen, sondern als normalem Mitarbeiter mit einem gewaltigen Potential an Fachwissen. Immerhin habe ich die Bedienungsanleitung für den Anlagenteil geschrieben, an dem wir tätig waren. Dass mein Wechsel auf diese Schicht mich viel Geld gekostet hatte, wurde mir erst später richtig klar. Zwei Lohngruppen hatte man mir abgezogen, was schon richtig Geld war. Als ich diese Lohngruppen bekam, hatte ich keinen Pfennig mehr gesehen, weil die außertariflichen Lohnbestandteile angerechnet wurden. Du verstehst den Witz? Man nahm mir nun Geld ab, das ich nie bekommen hatte. Ein Motivationsschub war das nicht unbedingt, half mir aber, mein Qualitätsbewusstsein den Gegebenheiten dieser Schicht ohne Gewissensbisse anzupassen. Ja liebe Firmenleiter – ohne Moos nix los …
Ich hatte mich mit diesem Arbeitsplatz abgefunden und mich an den Umstand gewöhnt, mein Hirn nur noch sporadisch

einzuschalten. Zum Ausgleich steigerte ich meine körperliche Aktivität und lernte auch hier wieder Grundsätzliches.
So wird ein Mitarbeiter, der ständig unterwegs ist und es versteht, zur richtigen Zeit am richtigen Ort zu sein, immer auf der Siegerspur sein. Tue etwas und zeige es jedem. Wenn du aktiv bist, achte auf das richtige Umfeld der Beobachter. Unterlasse nutzlose Aktivität – also Arbeiten die nicht vom Umfeld registriert werden. Ob die Aktivität sich positiv auf das Ergebnis auswirken, ist absolut gleichgültig. Nur die Auswirkungen auf dein Image sind wichtig. Und es sollte noch viel schlimmer kommen.
Liebe Betriebsleiter und Firmeninhaber, schüttelt es Sie bei diesen Thesen? Wer hat denn diesen Blödsinn angefangen? Wundern Sie sich also nicht über das Ergebnis.

In mir waren aber noch nicht alle Funken erloschen.

Mein Arbeitsplatz sollte sich von dieser Station der Abschiebung in Richtung Produktherstellung verlagern. Dieser Teil der Anlage ist zwar vom Niveau mit der anderen Ecke absolut gleichwertig, aber vom Ansehen her eine ganz andere Dimension. Aus diesen Männern werden die Führungskräfte geboren und dieser Anlagenteil ist immer personell gut besetzt. Gut – halt besser, denn gut gibt es schon lange nicht mehr.
Im Prinzip eine Produktionsanlage, wie ich es vor meiner Strafversetzung und schon seit meinem Werkseintritt kannte. Allerdings war hier eine komplexere Technik eingezogen und Verschachtelungen an der Tagesordnung, die wohl nur der Entwicklungsingenieur verstehen wird. So konnte man erst den Knopf drücken, wenn man vorher eine ganze Reihe an Eingangsbedingungen erfüllt hatte. Hier musste man seinen Kopf beieinander halten, denn mit Logik kam man nicht weit.

Ist wie Auto fahren, wenn man vom Käfer auf den Porsche umsteigt. Im Prinzip kann man damit umgehen, sollte aber trotzdem mal in der Anleitung nachschauen. Besser ist das ...
Chef an der Anlage war Tommi und sein Vertreter ein recht interessanter Zeitgenosse mit wenig Ahnung aber einer großen Klappe. Ein dritter Mitarbeiter war ebenfalls Chef in Ausbildung ohne Auftrag. Diese Mitläufer braucht man als Chef, weil sie keine Kosten verursachen, aber das Doppelte schaffen. Tommi war ein Fuchs, und wie ich meine, ein lieber Fuchs, der das System schon lange durchschaut hatte.
Der Mitläufer war ebenfalls ein prima Typ, mit dem ich ein interessantes Gespräch hatte, dass mir die Erklärung lieferte, warum unsere ausgelernten Fachkräfte, die man dann auf Schicht steckte, uns alte Hasen manchmal ansahen, als wären wir von einem anderen Stern.
Die Ursache lag im Ausbildungsleiter der Firma, der eine Ausgeburt an Ahnungslosigkeit war, doch es geschickt fast bis zur Rente gepackt hatte. Leider nur fast, denn man kam diesem Schwätzer auf die Schliche. Genau dieser Schwätzer erklärte seinen Lehrlingen, dass in den Betrieben die alten Mitarbeiter dumm seien. Die drücken Knöpfe, ohne zu wissen, was da überhaupt abgeht. Sie, die Lehrlinge würden diesen angeblichen Vorsprung der Erfahrung binnen kürzester Zeit egalisiert haben und die absoluten Fachmänner im Betrieb sein. Stelle man sich vor, die Pickelgesichter bekommen öfter solch eine Impfung und mit Sicherheit glauben die Jungs diesen Mist. Doch der liebe Gott lässt solche Sünden nicht ungestraft, in diesem Fall hätte er dieser Null-Nummer schon etwas früher in den Arsch treten können und somit wäre einiges vermieden worden.
Von Tommi habe ich nicht viel gesehen, denn im Meisterbüro war ein Computer, der für ihn und Bodo von der alten Nach-

baranlage der Mittelpunkt des Geschäfts wurde. Auf diesem Computer war Wolfenstein, ein Spiel mit pädagogischem Hintergrund, denn Adolf wurde gejagt, und Ziel war die Tötung des braunen Führers. Also durchaus eine ehrenvolle Aufgabe. Vertreter und Mitläufer hielten die Fahne hoch, und manchmal tauchte Tommi in der Messwarte auf und bekundete, dass Tommi alle Mitarbeiter noch lieb habe. Wenn man noch machen könnte, dass es in der Halle nach Frühling riechen würde, wäre er glücklich. Er meinte damit, dass man mal putzen könnte und mit einem Spritzer Zitronenfrische im Wischwasser den Frühling in die Fabrikhalle zaubern kann.
Es war wie in einem Erholungsheim. Hier hatte man Arbeit, wenn die Anlage eine Störung hatte. Sonst wartete man auf eine Störung und erledigte Routinearbeiten. Im weiterverarbeitenden Bereich hatte ich es nicht so schön, denn hier war ständig Arbeit. Hatte die Produktionsanlage eine Störung ‚mussten wir dort zur Unterstützung antreten. War die Störung beendet, ging die Anlagenbesatzung in den Pausenraum und wir Weiterverarbeiter zurück ins Chaos und mussten flink Versäumtes aufholen. Dieses System war einfach so, und weil die Führungskräfte nie aus dieser Abschiebestation rekrutiert wurden, würde sich das System auch nicht so schnell ändern. Doppelte Arbeit für gleiches Geld.

Ich war also im Paradies und wurde in der Messwarte angelernt. Das Rechnersystem war wieder das billige System der alten Produktionsanlagen und auch sonst im Werk sehr bekannt. Fachleute meckern über das System, kein Mensch will es, und gekauft wird es immer wieder. Da macht man sich schon so seine Gedanken …
Aber merkwürdige Praktiken bei Vergabe und Bau waren an der Tagesordnung. Ein Beispiel waren die Klimaanlagen. Der

weltweit größte Hersteller von Klimaanlagen macht eine Planung für eine Fabrikhalle mit Kostenvoranschlag. Der Kunde, also unsere Beispielfirma streicht wild im Vorschlag und dimensioniert alle Lüftermotoren wesentlich kleiner. Die Anlage wird so gebaut, und man hat gegenüber der Kalkulation richtig Geld gespart. Mit anderen Dingen an Anlage und Bau macht man es ebenso und unterbietet fast sogar den genehmigten Kostenplan oder kann die Kohle für anderen Kram verballern. Mag Zufall sein, dass zur Einweihung des Betriebes die komplette Ingenieurstechnik und Betriebsleitung neue Autos hatte. Wie gesagt, kann eine Verkettung von Zufällen sein.
Kein Zufall ist aber, dass natürlich keine der installierten Klimaanlagen auch nur bruchstückweise die Anforderungen erfüllte. An allen Ecken und Kanten musste nachgebessert werden, und so wurden die Klimaanlagen mit neuen Motoren bestückt.
Schlimme Sache denkst Du? Irrtum, denn diese unnötigen Kosten gehen nicht auf das Konto der Erstellung, sondern auf Reparaturen. Reparaturen sind ja eine ganz andere Kostenstelle und somit können sich die Chefs weiterhin feiern lassen, wie toll doch mit dem Geld hausgehaltet wurde. Eine verlogene Gesellschaft vor dem Herrn.

Fernab dieser Praktiken lernte ich die Anlage immer besser kennen und kam als einer der wenigen Mitarbeiter mit einem jungen Mann aus, der ein einfaches Problem hatte. Er hinterfragte Anweisungen, was sich einfach nicht gehörte. Heinrich war hochintelligent und konnte schaffen wie ein Ochse. Eine geile Mischung, die dem Vertreter und dem Mitläufer aber nicht geheuer war. Also wurde Heinrich niedergemacht, wo es nur ging.
So etwas war nicht mein Ding, und wir verstanden uns prima

und ergänzten uns auch gut. Wenn mir Heinrich mal wieder so richtig auf den Zeiger ging, forderte ich ihn auf, das Maul zu halten. Trotz der Deutlichkeit war Heinrich nicht böse und schaltete einen Gang zurück. Einfach ein lieber Kollege, dieser Junge.

Ich lernte schnell, hatte aber das Gefühl, nicht komplett zu sein. Ich spürte noch Unsicherheiten und vermisste das Gefühl von meiner Vorgängeranlage, bei der ich jede Schraube kannte. Dieses Gefühl der absoluten Sicherheit ist wichtig, denn Angst vor solch einer Anlage verleitet zu Fehlern. Wenn ich von Fehlern spreche, dann rede ich von Schäden, die von den Kosten im Glücksfall ein paar Tausend Euro ausmachen, aber auch schnell den Faktor 10 oder auch 1000 haben können. Eine Million ist bei solchen Anlagen keine Utopie.

Wenn man keine Angst vor solch einer Anlage hat, kann man auch nicht überrascht werden und beseitigt eine auftretende Störung. Auch unangenehme Situationen verlieren ihren Schrecken, und man kann im Chaos sogar kreativ agieren. Ein Umstand, den manche Führungskräfte nie begriffen haben und den Tommi und ich bis zur Perfektion getrieben haben. Absolute Ruhe in der größten Hektik, wo andere Schichten brüllen wie die Idioten, und wortlose Integration der Mitarbeiter im Chaos. Verflucht noch einmal, das sind alles erwachsene Menschen, die den Arbeitsplatz beherrschen. Wenn ich bei einer Anlagenstörung anfangen muss zu erklären und einzuteilen, habe ich alles falsch gemacht.

Preisfrage: Wer hat das bessere Ansehen bei der Betriebsleitung? Genau, die brüllenden Idioten.

Wie gesagt, dieser letzte Funke Sicherheit fehlte mir noch. Es sollte sich verzögern, bis ich diesen Punkt abhaken konnte, da meine Ursprungsmaschine personell humpelte, um es vorsichtig auszudrücken.

An meiner alten Anlage war ein Teamleiter, der als Guru galt, aber kaum oder nicht an der Anlage ausgebildet worden war. Mein Bodo war aber clever und machte seine Sache eigentlich ganz gut. Es dauerte auch nicht lange, und Chef Peter steckte mich an diese, meine geliebte Maschine, an der ich jede Schraube kannte und auch schon geputzt hatte. Chef Peter war ein Meister, der im Sinne der Firma dachte und versuchte, das Personal den Fähigkeiten entsprechend einzusetzen. Ich gehörte an diese Anlage und konnte hier mein Wissen voll entfalten. Zumindest dachte ich so in meinem betriebswirtschaftlich wieder aufblühenden Leichtsinn.

Man kannte sich vom Schichtwechsel, hatte aber keinerlei Ahnung, was der eine oder andere Mitarbeiter so drauf hatte. Diese Schicht war schon immer etwas geheimnisvoll, weil keinerlei Information nach draußen drangen. Unheimlich ...

Unser Ossi sollte mich am Leitstand anlernen, was ich gern annahm. Als der Junge sein Pulver verschossen hatte, gab ich meinen tatsächlichen Wissensstand preis. War eine schöne Zeit, obwohl schon etwas in der Luft lag.

Keine Ahnung, was ich im Meisterbüro wollte, doch ergab es sich, dass Schichtmeister Peter und ich allein im Büro waren. Er fragte, ob ich Probleme auf dieser Schicht hätte und attestierte mir vollste Zufriedenheit mit meinen Leistungen. Auch hätte mich Peter gern als Führungskraft an meiner Lieblingsanlage gesehen. Hier waren aber alle Posten besetzt und von der Altersstruktur her, für sehr lange Zeit besetzt. Manchmal gehe es aber schneller, als man denken könne. War da was im Busch?
Es war was im Busch, allerdings früher als erwartet. Ursache

war der Vertreter von Bodo - ein lieber Kerl - aber überhaupt keine Ahnung. Der arme Kerl wurde nie auf seine Aufgabe vorbereitet, und Bodo verfiel in das System meines alten Italieners. Nur nicht so viel erzählen. Ich habe noch nie eine so komplexbeladene Mimose wie Bodo erlebt. Meines Erachtens Alkoholiker und so von seinen beschränkten Fähigkeiten überzeugt, dass ich nur den Kopf schütteln konnte.
Sein Vertreter war ein Kumpeltyp, hat Bodo beim Hausbau geholfen und war eine treue Seele – leider ohne einen blassen Schimmer von der Anlage. Ganz wichtig ist mir, darzustellen, dass es Mitarbeiter gibt, die einfach gesagt, blöd sind und andere Mitarbeiter, die blöd gehalten werden. Mein Öxel wurde blöd gehalten.
Aber es gibt noch eine Steigerung bei der Blödhaltung. Man erklärt seinem Untergebenen keinerlei fachliche Dinge und beschwert sich dann an höherer Stelle über die Unfähigkeit des Mitarbeiters. Das ist die abgrundtiefste Falschheit, die sich primitive Arbeiter untereinander antun können. Öxel war solch ein Opfer und schon drei Tage nach dem Gespräch mit Peter wurde ich wieder in sein Büro zitiert. „Stellvertretender Chef an der Anlage hier – ab sofort – ja oder nein!"
Ich nahm sofort an, und Peter meinte nur, dass es manchmal schneller kommt, als man es sich vorstellt. Fall und Aufstieg liegen dicht zusammen, das kannte ich selbst bestens.
Öxel tat mir leid und hat diesen Abschuss selbst bis heute nicht verkraftet, weil die menschliche Enttäuschung mitten ins Herz getroffen hatte. Das aufgesetzte Lächeln von Bodo war enttarnt.
Mir wurde klar, dass der Volksmund recht hat. „Wenn aus Scheiße was wird ..."
Aber die Dimension der Schleimerei, Intrigantentum, Rufmord und sonstige Unarten schon auf der untersten Ebene in

einer Fabrik, erschütterten mich. In meinem Lehrbetrieb wäre in solchen Fällen im Umkleideraum mal kurz das Licht ausgegangen, und gewisse Personen hätten eine schmerzhafte Lektion erhalten, was den gepflegten Umgang mit Kollegen betrifft. Hier war aber Industrie, und eine eigene Gesetzgebung bestimmte das Zusammenleben.
Wie versprochen, wird hier nicht nur auf Firmenleiter eingedroschen, sondern auch die Dummheit des einfachen Arbeiters beleuchtet.
Wie angreifbar macht sich die Arbeiterschaft, wenn ein Mitarbeiter dem anderen am liebsten einen geplatzten Reifen auf der Autobahn wünscht. Verloren sind die zwei Fronten der Arbeiterschaft und Führungsriege. Ist doch gut? Nein, denn dieser feine Unterschied ist unbedingt nötig, weil sonst Grenzen verschwimmen. Warum das tödlich ist, erfahren wir noch in den weiteren Kapiteln.

Wie schon befürchtet, verlief die Zusammenarbeit mit Bodo nicht lange harmonisch, weil sein Halbwissen mir auf den Wecker ging.
Wenn ich mit Vollgas über eine Kreuzung fahre und keinen Unfall baue, hatte ich Glück. Daraus einen Leitfaden zu entwickeln, dass man über Kreuzungen mit Vollgas zu rauschen hat, ist doch wohl absurd. Um bei diesem Vergleich zu bleiben, untersagte mir Bodo, langsam die Kreuzung zu überqueren.
Natürlich lasse ich solch einen Unsinn nicht lange zu und brachte meinen eigenen Stil ein. Kam es nach Stunden dann zu einer Anlagenstörung, schob Bodo den Vorfall auf meine Einstellung. Absoluter Blödsinn und selbst mein Ossi interessierte sich immer mehr für meine Art, eine Anlage zu betreiben. Ohne Eigenlob – es war die richtige Art, und der Erfolg gab mir Recht. Bodo wankte und holte sich seine Punkte nun

mit einem ganz anderen System, welches mir absolut gegen den Strich ging.
Gruppenerfolge wurden als Erfolg des Leiters deklariert. Das ist unterste Schublade, und viele Betriebsleiter fallen darauf rein. Auch hierzu werde ich mich noch auslassen, denn dieses Verhalten ist mehr als schädlich – für die kleinen Arbeiter.

Wenn Mist gebaut wird, war es das Team, und wenn eine Spitzenleistung erbracht wurde, war es auch das Team. So war es früher gewesen. Mich schüttelt es, wenn ich diese kleinen Lichter sehe, die schon den Satz mit „ich" anfangen. Ich habe gemacht, und ich habe herausgefunden, so tönen diese Menschen, die ohne das Team in der Luft verhungern würden. Wenn Mitarbeiter von Führungskräften etwas gefragt wurden, und ich hörte das böse Wort, schwoll mir der Kamm, und ich hätte platzen können. Ist, als wenn bei Opel ein Mitarbeiter vom Fließband als Tagesleistung angibt, 500 Autos gebaut zu haben, obwohl er nur hinten links die Radkappe aufgesteckt hat. Ich könnte in die Tastatur beißen ...

Gern hätte ich weiter mit Peter als Schichtmeister gearbeitet, doch nahm dieser tolle Mensch die Gelegenheit des vorgezogenen Ruhestands wahr. Wirklich schade, doch sollte sein Nachfolger Brummi auch ein Gewinn in meiner Entwicklung werden.

Ich würde hier gern noch erzählen, dass es etliche Situationen in der Zeit mit Peter und mir gab, die Probleme am Arbeitplatz im Sinne der Firma lösen konnten. Allerdings nur, weil wir uns gut und lange kannten und es keiner Worte bedurfte. Das soll zu diesem Thema genügen, denn ich möchte nicht das Ansehen dieses tollen Mannes beschmutzen, nur weil die

heutigen Führungskräfte Menschlichkeit als Schwäche auslegen.
Liebe Obrigkeit – ihr seid doch privat meistens ganz nette Leute. Wer zwingt euch denn, dienstlich Arschlöcher zu sein? Das habe ich nie kapiert ...

Frischluft

Arbeit macht Spaß. Diese Zeit gab es tatsächlich. Zufriedenheit kann man durch Geld manipulieren. Ein Chef kann auch durch gezieltes Lob viel für das Betriebsklima tun, aber warum greift Ihr Bosse nicht zum einfachsten Mittel? Setzt die Leute dort ein, wo der größte Nutzen für die Firma entsteht. Der Platz, an dem sich die Leute sicher fühlen und das Wissen gezielt einsetzen können. Wenn der Mitarbeiter dort einen grünen Knopf drücken soll, dann lasst den Menschen doch den Knopf drücken, wenn es notwendig ist und macht nicht noch eine Arbeitanweisung daraus. Warum sollte der Mitarbeiter noch sein Hirn einschalten? Wann er auf die Toilette muss, merkt er auch so.

In diesem Zusammenhang ist es interessant zu beobachten, welche Probleme die heutige Führungsriege hat, die immer weiter aufgebläht wird und immer weniger Menschen zu bewachen hat, die mit den Händen arbeiten. Da wird eine Anleitung für den grünen Knopf schon zu einer tollen Aufgabe mit vielen Meetings und Diskussionen. Weiter so, denn das dicke Ende kommt noch. Merkt Ihr Bosse eigentlich nicht, dass Eure Meute nur noch überlebt, weil sich die kleinen Arbeiter nicht tatsächlich so blöd anstellen, wie ihr glaubt? Verlassen würde ich mich aber nicht darauf.

Jeder Arbeiter kennt das Gefühl, von seinem Chef nicht verstanden zu werden. Ein Versuch, drei mal drei einem Akademiker zu erklären, scheitert fast immer. Nicht aus Desinteresse, sondern weil der arme Mensch es einfach nicht kann. Eine Rolle Tapete mit 10 Meter Länge und einer Wand von 3 Meter Länge wird zu einem unlösbaren Problem, wenn der Taschenrechner nicht aktiviert wird. Je jünger und besser ausgebildet diese Artisten sind, umso problematischer wird diese Aufgabe.

Ein alter Maschinenbauer würde spontan sagen, dass man 3 Bahnen tapezieren kann. Das Jungvolk würde erst nach der Raumtemperatur fragen und die Mondphase einbeziehen und Knöpfe auf dem Taschenrechner drücken, die noch nie ein Mensch benutzt hat. Arme Menschen ... doch liegt das wohl am System.

Im Handwerk musste ich bei der Gesellenprüfung den Stoff der gesamten Lehrzeit wissen. Beim Studium heute hangelt man sich von Schein zu Schein und vergisst besser den geprüften Stoff, um die Birne für neue Lehrinhalte frei zu bekommen. Ein System, bei dem eigentlich jeder Dummkopf sein Studium packen kann, wenn man mal die Hürde Gymnasium geschafft hat, wobei auch dieser Weg nicht unbedingt zwingend ist.

Eigentlich sollte es einen Hauptschüler nicht interessieren, wie die Titel anderer Leute entstanden sind, doch betrifft es diesen kleinen Hauptschüler direkt. Einer dieser Berührungspunkte ist das innerbetriebliche Vorschlagswesen.

Besonders in der Automobilindustrie werden Mitarbeiter aufgefordert, Verbesserungen zu melden und erhalten hierfür teilweise erhebliche Geldprämien. Besonders wenn Kosten eingespart werden oder die Produktivität gesteigert wird, sind da schon Summen im Bereich von Lottohauptgewinnen verteilt worden.

In meiner Übungsfirma war das Vorschlagswesen ein lästiges Anhängsel, weil die Ingenieure dadurch Mehrarbeit hatten. Manche waren richtig wütend, und später musste man erst mit einem der „Kundigen" sprechen, ob sich eine Einreichung lohnen würde. Da waren Sie, die Berührungspunkte. Entweder traf es einen Oldie, der mit einem Vorschlag mit neuerer Technik absolut überfordert war, oder es traf einen Newcomer, der das kleine Einmaleins nicht beherrschte. Schlimmer

waren die linken Ratten, die einen guten Vorschlag einfach niederbügelten, weil der Vorschlag nicht aus eigener Feder kam und das Gebiet eigentlich sein Aufgabenbereich ist. Könnten ja dumme Fragen von ganz oben kommen.
So kann man erleben, dass geniale Ideen einfach im Nichts verpuffen. Mit diesem Wissen kann man das System aber überlisten, da auch Kleinvieh Mist macht. Genau diese kleinen, unsinnigen Verbesserungsvorschläge brachten Geld. Nicht viel, aber da mal ein paar Hunderter und dort ein paar Hunderter läpperte es sich mit der Zeit zusammen.
Zum Beispiel schlug ich einen Schutz unter einem Kranteil vor, damit der Dreck nicht auf den Boden oder in das Produkt fällt. Dafür habe ich ein paar Hunderter bekommen. Der Schutz wurde auch angebracht, wobei der Kran nur wenige Meter entfernt nicht mit diesem Schutz bedacht wurde. Ich habe gleich einen Verbesserungsvorschlag nachgeschoben und tatsächlich nochmals kassiert. Ob man es glaubt oder nicht, es gab noch mehr Kräne im Bau, und ich habe noch weiter kassiert. Das ging, weil ich hier keinem Ingenieur weh getan und etwas für die Quote der Verbesserungsvorschläge getan habe.

Von uns gemachte Erfindungen wurden abgelehnt, weil angeblich nicht machbar. Gleiches Gerät wurde dann von einer Fremdfirma später gekauft – als Neuentwicklung dieser Firma. Andere Vorschläge wurden mit Trinkgeldern abgespeist, und bei wieder anderen Vorschlägen fehlte es an technischem Verständnis, obwohl schon auf Sonderschulniveau verfasst. Schraube ein Rohr an ein anderes Rohr, kann zum Problem werden, weil der Zuständige eventuell den Begriff „schrauben" nicht kennt und Rohre für ihn zusammengeflanscht werden. Schon ist der ganze Vorschlag nichtig, weil

der Betreffende natürlich nicht zugibt, den Inhalt nicht verstanden zu haben.
Hier geht Wissen von unvorstellbarem Wert verloren, denn die Belegschaft ist fast komplett einig und hält einfach die Klappe. Diese dummen Dinger für das Taschengeld gibt es noch, aber die richtigen Hämmer bleiben im Kopf der Belegschaft. Liebe Führungskräfte, das habt Ihr ganz toll hinbekommen. Vorsätzliche Geschäftsschädigung nenne ich diese Handlungsweise. Leider werdet Ihr dafür nicht bestraft, sondern im Gegenteil ...

Natürlich dürfen auch die schönen Aktionen hier nicht fehlen. Ich denke da an einen Besuch bei einem Kunden mit der ganzen Schicht. Ein paar Chefs als Wärter und wir Tiere in einen Bus verfrachtet, und los ging es.
Die Hinfahrt ist ohne besondere Vorkommnisse verlaufen. Der Besuch der fremden Firma war sehr aufschlussreich, weil wir sehen konnten, was mit unserem Produkt gemacht wird. Interessant war der Besuch im Lager, wo unsere Produkte und die Produkte der anderen Zulieferer auf Weiterverarbeitung warteten. Schon aus großer Entfernung konnte man unsere Sachen sehen, weil das Zeug aussah wie Kraut und Rüben. Bei den Japanern sah es anders aus, und jedes Etikett und jeder Aufkleber war auf den Millimeter exakt an der gleichen Stelle. Wie die Soldaten standen die Sachen da, unterbrochen nur von unseren willkürlich verpackten Sachen. Ich fand das peinlich und war in meinen Bemühungen um die Qualitätsarbeit bestärkt. Wie aber schon beschrieben, wurde das durch ignorante Kollegen kaputt gemacht. Das waren wirklich die Kollegen, nicht die Bosse.
In der Kantine gab es für uns ein Essen, das richtig gut war und wie wir erfuhren, Standard in diesem Essenstempel und

nicht nur bei Besuch so toll. Auch Getränke gab es, was das Herz begehrt – außer Alkohol, denn die dortige Belegschaft durfte natürlich nicht saufen. Dieser Ausflug war in unserer Freizeit, und ich hatte meine innere Uhr eigentlich auf Umtrunk gestellt. Also inspizierte ich die Getränketheke, wo auch ein Hahn hervorschaute, den aber kein Mensch betätigt hatte. Lange Rede kurzer Sinn, ich entdeckte, dass man hier Bier zapfen konnte. Mindestens vier Alkoholiker hatte ich nun zu Freunden auf Lebenszeit, und endlich hörte dieses Zittern auf. Bis zur Abreise am Abend sollte es langen.
Und wehe wenn Sie losgelassen, so sagt man im Volksmund. Die Heimreise gestaltete sich als Saforgie, da der Busfahrer als kleinen Nebenverdienst einen florierenden Getränkehandel aufgezogen hatte. Überflüssig zu bemerken, dass alle Vorräte ratzeputz ausgesoffen wurden, wobei meine Wenigkeit sich daran nicht beteiligte. Mir war die umständliche Pinkelei in dem engen Busklosett einfach zu blöd.
Auch bei anderen Schichten soll es so gewesen sein, wobei mein alter Kumpel Volker mal wieder den Bock abgeschossen hatte. Nach einer Flasche Branntwein war Volker aber schon immer etwas komisch.
Auch sonst sorgte die Firma für Kurzweil. Der Firma ging es gut, obwohl andere Unternehmen am Standort erhebliche Probleme hatten. Damit es unserer Firma noch besser gehen würde, wurden Visions-Veranstaltungen in noblen Hotels veranstaltet und selbst der kleine Schichtarbeiter wurde dazu eingeladen. Irgendwie kamen wir uns wie in einer Sekte vor, denn wir Arbeiter hatten uns gerade erst daran gewöhnt, dass die Führung mit uns sprach und nicht mehr komplett ignorierte. Hier nun gab es die Elite direkt live und mit Schlipsverbot. Ja, Schlipsverbot, um sich nicht durch die Kleidung von den Arbeitern abzuheben. Die Anrede Dr. als Titel gab es schon lan-

ge nicht mehr in dieser Firma, was teilweise zu Irritationen führte. Ob diese Gleichmachung aus Japan kam oder weil eine aufstrebende Führungskraft diesen Titel nicht hatte, wird immer ein Geheimnis bleiben.
Tolles Rahmenprogramm mit Ritteressen usw. Und was soll ich sagen - es wurde etwas bewegt. So entstand die Bewegung „Alle Schichten – ein Topf". Die Schichten arbeiteten nicht mehr gegeneinander, sondern tauschten sich aus, und es war ein Betriebsklima geboren, wie es nur als vorbildlich bezeichnet werden kann. Ich war also bei der Geburtsstunde dieser gelebten Vision dabei. Man hätte sich den ganzen Protz schenken können, denn wir Visionäre traten eine Lawine los, die mit Gewalt ausgebremst werden musste.
Doch noch lebte die Bewegung, wobei hier der Schichtmeister Brummi als Hauptinitiator genannt werden kann. Das ganze hatte Niveau, und es entstand eine Power aus der Mannschaft heraus, wie ich sie in den vergangenen zwanzig Jahren nicht erlebt hatte. Arbeit macht Spaß - ohne Zweifel.

Brummi verstand es auch, die Mannschaft zu motivieren und dadurch immer etwas mehr zu erreichen. Die andere Schicht hat zehn Kisten Abfall entsorgt - wir machen zwanzig. Nicht etwa auf Kosten der Belegschaft, sondern Brummi hat mitgeschwitzt. Probleme wurden sofort angesprochen, besprochen und gelöst. Brummi förderte den "Selbstheilungsprozess" bei Unstimmigkeiten in der Mannschaft. Anfangs unterstützte er uns als Moderator, wenn wir etwas lösen mussten, nach einer gewissen Zeit hatten wir es selbst drauf. Es gab keine Seilschaften und keine "Lieblinge", denn wer Mist verzapft hatte, wurde in den Senkel gestellt, und wer ein Lob verdient hatte, bekam es.
Lob, das war neu für die Mannschaft. Wenn die Firmenleitung

wüsste wie gut es tut, als Nummer Null im letzten Glied gesagt zu bekommen: "Das hast du gut gemacht!" Diese Worte sind mehr wert als Geld oder Sonstiges, und die Mannschaft nahm es dankend an. Meister kann man nicht werden, sondern muss es leben. Brummi war der erste Meister, den ich in dieser Firma erlebt habe. So war es für mich selbstverständlich, als er mich bat, der Nachbaranlage bei der Einführung der Gruppenarbeit zu helfen, dort einzusteigen. Es war kein Geheimnis, dass ich am PC eine Präsentation im Bruchteil der Zeit verglichen mit den Kollegen erledigte und Protokolle nicht erst Tage später, sondern am Ende der Sitzung fertig waren.

Aber frühstücken wir erst mal die Aktion „Alle Schichten – ein Topf" ab. Denken wir Jahre zurück, als wegen der Schichtprämie sabotiert wurde und Anlagenteile manipuliert wurden, um andere Schichten in den Keller zu treten.

Das war Vergangenheit und entwickelte sich richtig nach Grundsätzen, die eigentlich normal sein müssten. Wenn die Tagschicht über die dünne Personaldecke der Nachtschicht informiert wird und einfach schon Dinge über das eigene Soll erledigt, ohne sich dafür feiern zu lassen, muss doch eine Sinneswandlung passiert sein. Der kleine Mann organisierte das anfallende Arbeitsaufkommen selbst nach logischen und wirtschaftlichen Gesichtspunkten, da nur das Gesamtergebnis zählte.

Natürlich gibt es bei der Vielzahl der Mitarbeiter nicht nur Menschen mit üblicher Intelligenz. Dass es immer dumme Menschen gibt, habe ich nun schon oft genug gesagt. Ein kleines Beispiel hätte ich aber noch an dieser Stelle.

So organisierte ich besonders in den Sommermonaten immer ein oder zwei Kasten Mineralwasser und stellte die Flaschen in der Messwarte kühl. Wozu sonst könnte man auch den Kühlschrank gebrauchen, und obendrein durfte aus hygienischen

Gründen auch kein anderer Inhalt eingestellt werden. Die Nachfolgeschicht verfügte dann über gekühlte Getränke und hätte diesen Service weiterführen sollen, um einen Service rund um die Uhr zu bieten. Aber als ich am nächsten Tag kam, war der Kühlschrank leer, und die Wasserkiste stand leer neben dem Kühlschrank. Also wurde der Vorgang mit den Kaltgetränken abermals gestartet. Das ging viele Tage so. Mittlerweile war nicht nur der Kühlschrank leer, wenn wir kamen, sondern auch noch das Leergut weg. Eine spezielle Schicht bunkerte die Flaschen im Materialschrank, zu dem nur die eigene Mannschaft Zugang hatte.
Was geht in solchen Kleingeistern vor? Einen ganzen Schrank pisswarme Brühe, die Stunden benötigt, um überhaupt trinkbar zu werden, zeugen von einer Hamstermanie, wie es häufig bei Menschen zu beobachten ist, die im Krieg bittere Not erlitten hatten. Bitte nicht lachen, dass ich mich über solch einen Mist aufrege, doch wenn es hier schon hapert, wie sollen dann Probleme gelöst werden, wenn Hirn gefordert ist?

Aber solche Problemchen sind nicht der Hauptkriegsschauplatz. Es bahnte sich eine mittlere Katastrophe an, denn die Aktion „Alle Schichten – ein Topf" wurde durch einen neuen Betriebsleiter von einem auf den anderen Tag ausgebremst. Das System lebte von der Tatsache, dass ein Betrieb seinen Gewinn oder Verlust am Gesamtergebnis misst. Logisch, denn wenn zwei Schichten tollen Gewinn machen und zwei Schichten ins Minus gleiten, bleibt unter dem Strich kein Geld übrig. Das einzig positive Ergebnis dieser teuren Visionsveranstaltungen sollte mit einem Schlag vernichtet werden.

Es wurden wieder wie in der Steinzeit unsinnige Schichtvergleiche eingeführt, die eine Aussage über die Produktivität der einzelnen Schichten ausgeben sollten. Hätte die Betriebsleitung auch nur fünf Minuten überlegt, wären diese Schichtvergleiche nie publik gemacht, sondern mit den Leuten diskutiert worden, die täglich diese Zahlen erzeugen – also mit uns Schichtarbeitern. Mit diesen Vergleichen hätte man zum Wohl der Firma arbeiten können, was aber daran scheiterte, dass Leute mit den Ergebnissen herumfuchtelten, die diese Zahlen auch ansatzweise nicht interpretieren konnten.

Man stelle sich Michael Schumacher auf dem Hockenheimring vor, der die erste halbe Runde in zehn Sekunden fährt, wofür die anderen Fahrer nur 8 Sekunden benötigen. Für die zweite Hälfte braucht Schumacher nur sieben Sekunden, wo die anderen zehn Sekunden fahren. Schumacher ist also im Ergebnis der schnellste Fahrer.
Nach unserem Firmensystem würde Schumacher nun einen Riesenkrach bekommen, weil ein Wert unter dem Level ist. Das Ergebnis wird komplett ignoriert.
Schlimmer wird es, wenn nun jeder Rennstall seine eigenen Zeiten messen darf und Mercedes nun sagt, wir haben für jede halbe Runde nur fünf Sekunden gebraucht, die offizielle Gesamtzeit war dann achtzehn Sekunden.
Nach unserem Firmensystem würde Schumacher wieder zwischen die Hörner bekommen, denn beide unwichtigen Zwischenzeiten waren angeblich schlecht. Auch hier ist das Gesamtergebnis wieder uninteressant.
Rechnen drittes Schuljahr sagst du? Für manche Führungskräfte sind es unlösbare Aufgaben, und es wird sich nicht gescheut, mühsam erkämpfte Fortschritte in die Tonne zu treten, nur weil ein neuer Betriebsleiter Langeweile hatte. Da werden Diskussionen geführt und Meetings abgehalten und sogar personelle Veränderungen vorgenommen, teilweise so-

gar Drohungen ausgesprochen, nur weil einige dachten, etwas aus Zahlen interpretieren zu müssen, die nicht das Papier wert waren, auf dem sie standen. Das Problem bei der Geschichte war, dass die Zahlen kinderleicht manipulierbar waren. Eine Nachbaranlage, die ständig auf dem letzten Platz der Produktivität stand, habe ich binnen zwei Monaten von Platz 4 auf Platz 2 gebracht, ohne dass ein Kilo Produkt mehr die Firma verlassen hätte und ohne dass unlautere Aufschreibungen gemacht wurden.

Hat wirklich keiner dieser Superbosse gemerkt, dass manche Schichten die Störungszeiten kürzten, um so mehr Produktionszeit zu haben? Hat denn kein Mensch begriffen, welch geniales System da verhunzt wurde? Vernünftig geführt und fachkundig ausgewertet, wäre dieses System eine richtige Hilfe gewesen, und Schwachpunkte und Stärken der einzelnen Schichtmannschaften hätte man erkennen können. Schulungen hätten optimal an der korrekten Stelle einsetzen und auch von den Richtigen abgehalten werden können. Auch die technischen Abteilungen würden Informationen über Störungsschwerpunkte erfahren können. Leider waren manche Abteilungen einfach nur zu blöd dazu.

Ich denke da an ein Maschinenteil, welches mehrere Jahre störungsfrei funktioniert und auch von uns bedient wird. Plötzlich kommt es an dieser Stelle fast in jeder Schicht zu einer Störung, die aber allgemein als Störung ohne erkennbare Ursache deklariert wird. Ich erlaubte mir erstmals die Sache als technischen Fehler zu benennen. Ach, gab das einen Terror, und was ich mir überhaupt erlauben würde, die Unfähigkeit der Bedienmannschaft auf die Technik zu schieben. Die anderen Schichten würden die Aufschreibung auch nicht so machen.

Erst auf meine Frage, ob die Bedienmannschaft erst nach Jah-

ren unfähig wurde und warum wir bis vor einer Woche störungsfrei dort agieren konnten, wurde sich des Problems angenommen.
Eigentlich dachte ich, dass es bei den täglichen Info-Gesprächen um die Erledigung solcher Probleme ging. Theoretisch schon, aber praktisch ging es um die Verteilung von Fehlzeiten, also Zeiten ohne Produktion, die nicht geplant waren. Diese Zeiten waren eine ganz heiße Kiste, denn es ging um Geld.
Hatte die Mechanik zum Beispiel fünfzig dieser Stunden im Jahr zur Verfügung und die Elektrik ebenfalls die gleiche Zeit, konnte es zum Jahresende knapp werden. Früher wurden dann mal Störungen prozentual verschoben, wobei die Abteilung mit viel Luft im Zeitpolster die größten Störungszeiten zugeschoben wurden. Eigentlich unwichtig, da eine Firma, und insgesamt wurde der Plan erfüllt. Der Abteilung mit auffällig wenig Störungszeit wäre im Plan für das nächste Jahr das Kontingent erheblich gekürzt worden. So war es praktisch, wenn man etwas mittelte ...
Mittlerweile war es anders angesehen, und es entstand ein internationaler Wettbewerb gleichgelagerter Großanlagen. Da ging es plötzlich um Minuten, und deshalb war es für die Ingenieurstechnik erstrebenswert, diese Zeiten am besten auf das Konto des Bedienpersonales zu verschieben. Waren wir also nun schon zwei Parteien, die ein gesteigertes Interesse hatten, in den Aufschreibungen gut auszusehen. In Wirklichkeit waren aber mehr Leute beteiligt, die an diesen Zahlen gemessen wurden, aber unterschiedliche Parameter benötigten. Viele Einzelkämpfer mussten ihren Laden sauber halten und das mit allen Mitteln. Aber kannten wir dieses System nicht aus der Vergangenheit?
Ein System, das dazu führte, dass keine Schicht auf dem letz-

ten Platz stehen wollte. Ein Rückfall in die Steinzeit, denn sollte ich nun meinen Kollegen meine Tricks und Kniffe verraten? Reparaturen wurden wieder geschoben, und die ständige Zeiterfassung und Daten wurden so manipuliert, dass es für jede Schicht passte. Die Auswertungen waren das Papier nicht wert, auf dem Sie standen, doch waren diese Dinge nun Grundlage dafür, ob man gut oder schlecht war. Das war ein Schlag in die Schnauze jedes normal denkenden Mitarbeiters und besonders für die aktiven Kollegen ein Hammer gigantischer Art.

Hatten wir viele Jahre dafür gebraucht, diese „Kilo, Kilo-Mentalität" aus den Köpfen einiger Besessenen zu vertreiben, lachten genau diese Leute uns nun aus.

Außenstehende werden diese Kämpfe nicht verstehen, doch es waren richtige Kämpfe. Kämpfe für die Qualität und für den Fortbestand der Firma. An Beispielen mangelt es mir nicht, da das Böse überall lauerte.

Man stelle sich eine Verarbeitungsanlage vor, die ein brauchbares Produkt mit maximal 200 m/Min fahren kann, von der Technik aber 600 m/Min schnell sein könnte. Vernünftig ist natürlich die langsame Fahrweise, weil sonst der Kunde das Produkt reklamiert. Das versuchte ich, der Mannschaft zu verdeutlichen, als ich bei einem Kontrollgang 300 m/Min entdeckte und die Anlage auf Qualitätsniveau senkte. Karl, unser alter Portugiese, hat mir die Pest gewünscht, aber auch nach vielen Erklärungen nicht verstanden, dass nur das Produkt wertvoll ist, das vom Kunden verarbeitet werden kann und uns bezahlt wird. Reklamationen haben wir genug im Hof stehen. Dass beim nächsten Kontrollgang die Geschwindigkeit wieder auf 300 m/Min war, kannst du dir denken. Und genau diese Mitarbeiter lachen mich nun aus, denn es gibt zwar kein

Geld mehr, aber einen Anschiss vom Chef, wenn die Zahlen nicht stimmen. Also wieder „Kilo, Kilo"...

Was war da eigentlich passiert? Hob früher der gemeine Arbeiter nur seinen Arsch, wenn es dafür Geld gab, langt es nun die Ehre anzukratzen und das Gerücht zu verbreiten, das Bewertungssystem irgendwann als Grundlage der Entlohnung zu nutzen.
Es gab vier Schichten und somit auch vier Rangplätze. Lassen wir einmal die Tatsache der Manipulierbarkeit der Zahlen unberücksichtigt, hat es natürlich Sinn, einer Schicht, die deutlich von den anderen drei abweicht, zu hinterfragen. Einen Monat Pech geht, auch zwei Monate Pech geht, doch über das Jahresmittel sollten sich die Unglücksfälle etwas verteilt haben. Diese Zahlen könnte man als Diskussionsgrundlage verwenden. Hier wurden aber die Monatszahlen verglichen, und ein Schichtleiter sah seine Mannschaft nicht gern hinten, auch wenn es nur um Zahlen hinter dem Komma ging. Genau an diesem Punkt wird das System pervers, denn auch wenn eigentlich alle vier Schichten fast gleich stark sind, gibt es immer einen Verlierer.
Ich plaudere bestimmt kein Geheimnis aus, wie leicht durch Statistiken Panik erzeugt werden kann. Wählt man bei einem Balkendiagramm die richtige Auflösung, wird aus einem Unterschied von 0,01 Prozent ein Drama und ein Unterschied von 50 Prozent kann unauffällig gebügelt werden. Das macht der Enkel schon am Computer mit seiner Tabellenkalkulation.

Mich stört bei dieser Geschichte nur, wie einfach sich Menschen lenken lassen. Man erinnere sich an meine Ausführungen über Manipulationen wegen der Schichtprämie früher. Ich hatte vergessen zu sagen, dass wir uns hier nicht über richtig viel Geld unterhalten hatten, sondern über ein paar Pfennige.

Genau wegen dieser paar Pfennige wurde die Produktion für Millionen boykottiert. Man machte sich bei den Manipulationen richtig Arbeit und scheute keine Mühe, die Leistungen der anderen Schichten in die Tonne zu treten.
Jetzt sind es nicht einmal mehr die paar Pfennige, sondern nur der trübe Blick des Schichtmeisters, denn offiziell gibt es diese Vergleiche nicht.
Alle Schichten – ein Topf, das war Vergangenheit und sollte nie wieder in das Bewusstsein der Arbeiter zurückkehren. Die Auswirkungen kann man sich bestimmt gut vorstellen und besonders wir „Alten" hatten da kein Problem mit der Anpassung.
Man stelle sich vor, dass die Produktionsanlage über mehrere Schichten in Störung und der Fehler nicht offensichtlich ist. Durch Zufall oder aber auch durch meine Erfahrung finde ich diesen Fehler und behebe den Missstand, und die Produktion läuft wieder. Soll ich nun erzählen, wo der Fehler lag und mir diesen Vorteil gegenüber den anderen Schichten nehmen lassen? Soll ich meinen eigenen Kollegen der selben Schicht mein Wissen vermitteln und, durch eine eventuelle Jobrotation ist mein Vorteil nicht mehr da? Soll ich der Betriebsleitung diesen Vorteil zuspielen und mich überflüssig machen? Genau dieser kleine Vorteil ist doch der einzige Grund, warum wir noch nicht gegen Laboraffen ausgetauscht wurden. Rote Knöpfe können die schneller drücken, als jeder Mensch und Kombinationen mehrer Knöpfe schaffen die Affen im Bruchteil der Zeit, in der es ein Mensch vermag. Eine gefährliche Konkurrenz, wenn man es einmal ganz nüchtern betrachtet.

Wo wir beim Thema nüchtern und Alkohol sind. Das Thema war nicht mehr existent, was die Sauferei am Arbeitsplatz anging. Gesoffen wurde daheim, und die Rate der Abhängigen

war auf einem normalen Level, wie man es auch in anderen Firmen und Behörden erlebt. Auch die Akzeptanz gegenüber den Saufbrüdern war fast auf dem Nullpunkt, weil die Personaldecke insgesamt so niedrig war, dass ein Urlauber und ein Kranker zu verkraften waren, aber ein zusätzlich Besoffener nicht tragbar war. Man konnte keinen Aufpasser mehr stellen, und den Trunkenbold in eine Ecke legen war auch nicht mehr möglich, ohne selbst erheblich Mehrarbeit leisten zu müssen. So kam eine Zeit, die uns Führungskräfte zwang, solche Fremdkörper zu melden. Scheiterten erste die Schritte auf Schichtebene, wurde der Fall offiziell der Firmenleitung gemeldet, und der ganze Apparat kam in Wallung.
Mit einer Abmahnung und einer Entziehungskur wurde diesen armen Menschen fast immer geholfen. Natürlich hatten sich die meisten der Suffköppe schon fast alle Hirnzellen abgeschossen, was aber nicht unbedingt zur Ausübung der Arbeit hinderlich war. Im Gegenteil ...

Auch wenn aus motivierten Teams wieder Einzelkämpfer gemacht wurden, war die Lage nicht ganz so trostlos. Brummi hatte erheblichen Anteil an einer gehobenen Arbeitsmoral. Hört sich bestimmt blöd an, aber wir haben uns für Brummi den Arsch aufgerissen. Auch meine Bemühungen um die Datenerfassung und Darstellung der Schicht im Intranet mit eigener Homepage und anlagenübergreifenden Aktionen machten mir zwar Spaß, und meine geistige Auslastung geriet kurzfristig tatsächlich über 10 Prozent, doch überblickte ich die Folgen nicht. Ich machte mir mehr Feinde, als ich dachte, und wie ich erfuhr, nicht nur bei den Bossen. Ich stand eigentlich schon im Aus und dachte das Highlight zu sein. Mit diesem Umstand kann zwar ein Angestellter in Führungsposition gut und lange leben, aber in den unteren Rängen ist es tödlich.

Fürst

Ein neuer Akademiker übernahm die Leitung der Maschine als Betriebsleiter und direkter Fachvorgesetzter - der Fürst. Ich kannte eigentlich Gott und die Welt, hatte von dem Typ aber nie etwas gehört. Bei Leuten, die den Fürst kannten, schwankten die Meinungen von Arschloch bis Genie. War mir absolut schnuppe, denn wes Brot ich ess, des Lied ich sing. So gestalteten sich die ersten Kontakte unauffällig und freundlich. Dieser Umstand sollte sich noch erheblich ändern. Doch vorab zu einem anderen Problem.

Der Gesundheitszustand meines Vorgesetzten Bodo wurde schlechter. Eigentlich hätte eine Beschäftigung an der nicht ungefährlichen Anlage schon lange unterbleiben müssen, denn Schmerzmittel und rotierende Anlagenteile vertragen sich nicht. Es dauerte Wochen, bis wir Bodo überzeugen konnten, dass Jammern seinen Zustand nicht ändert und ein Arztbesuch nötig ist. Keiner bemitleidete ihn mehr, und der Tag der Krankmeldung kam unausweichlich.
Schon lange vorher hatte Schichtmeister Brummi Panik, denn auch ich hatte mal eine Grippe, was aber nicht sein durfte, da ich ja Bodo vertreten musste. Unser Ossi war an einer mittlerweile neu gebauten Anlage, und das gesamte Anlagenwissen lag bei Bodo und mir, und kurzfristig einen Leistungsträger auszubilden ist nicht möglich. So rächte sich die mangelnde Ausbildung in der Vergangenheit. Wenigstens kam mein Ossi wieder zurück, weil er an der neuen Anlage einfach kaltgestellt wurde. Ich würde sagen, einfach weggemobbt.
Ich vertrat also Bodo, und Ossi vertrat mich. Es sollte ein effektives Team werden, wie es in dieser Firma selten vorkam.

Es kam, wie es kommen musste, Bodo war schon einige Monate krank. Ich hatte auch Probleme mit der Gesundheit. Von allen Seiten wurde ich geimpft, dass man die Maschine abstellen kann, wenn ich krank werde und überhaupt - eine Führungskraft wird nicht krank. Das Ergebnis war, dass ich Störungen bekam, die ich überhaupt nicht kannte. Wegen Übergewicht kam noch mehr Druck. Ist doch klar, dass ich krank sei, man brauche mich ja nur anzusehen. Ich glaubte es nun auch bald, und ich fiel wegen Krankheit aus.
Rummmmsch - der GAU war da. Erster Mann und zweiter Mann nicht da, und so wurde unser Ossi zum zweiten Mann erkoren und eine Führungskraft leihweise bei einer anderen Schicht rekrutiert.
Mein Ausfall sollte länger dauern. Ständig riefen Kollegen an und wollten was von mir. Ob es darum ging, wie man ins Internet kommt, wo man sich Programme besorgt oder wie man mit Software umgeht. Ich war platt und wollte meine Ruhe - also bastelte ich erstmals eine Internetseite. Hier gab ich praktische Ratschläge und behandelte Fragen rund um Internet und Computer. Ich gab den Kollegen die Internetadresse und hatte meine Ruhe. So war meine Begeisterung für die Erstellung von Internetseiten geboren - aus der Not heraus. Eine gewerbliche Nutzung war nie geplant, zumal ich eingesehen hatte, dass Schichtarbeit und Nebenerwerb nicht gehen. Wer mir erzählen will, dass beide Dinge vereinbar sind, irrt einfach, oder betrügt entweder seinen Arbeitgeber, oder ist eine Lusche in seinem Nebenerwerb. Ausnahmen bilden die Mitarbeiter in führenden Positionen, die sich ein ganzes Imperium im Multi-Level-Marketing innerhalb der Dienstzeit aufbauen können. Das trifft auf den einfachen Arbeiter in der Regel aber nicht zu.
Diese Gesetzmäßigkeiten gelten auch für die große Gruppe

der Schwarzarbeiter. Was soll da rauskommen, wenn am Tag Wasserleitungen verlegt werden und dann in der Nacht die Aufmerksamkeit am Arbeitsplatz verlangt wird? Verwunderlich, dass nicht öfter eine Fabrik mal nur so in die Luft fliegt. Verstehen würde ich es...

Ich machte in der Zeit der Krankheit eine medikamentöse Gewaltkur durch. Ich wurde so platt gelegt, dass ich mittlerweile tatsächlich nicht mehr krauchen konnte. Die Ärzte waren sehr bemüht, doch trotz des Übergewichtes war ich eigentlich gesund. Herz in Ordnung, die Wirbelsäule wie ein junger Hirsch, und der Rest war auch ohne Mängel. Dem mittlerweile eingeschalteten Vertrauensarzt war die Sache auch suspekt, und so wurde ich für gesund erklärt. Leider machte mein Hausarzt ebenfalls Panik und stellte seine Ahnungslosigkeit als Simulantentum meinerseits dar. Ich nahm zwei Wochen Urlaub und hoffte, tatsächlich gesund zu werden. Absoluter Quatsch, denn was sollte sich an meinem Gesamtzustand ändern?
Nix geht mehr und weiterhin krank. Am Tag vor meiner neuen, angeordneten Arbeitsaufnahme setzte ich mich auf mein Fahrrad und wollte mal den Arbeitsweg probieren.
Ich kam bis zum Werkstor und keinen Meter weiter. Meine Frau holte mich mit dem Auto ab. Ich wollte am nächsten Tag dem Werksarzt erklären, dass es nicht mehr geht. Den Termin hatte ich schon vorher ausgemacht. An diesem Tag ging ich noch zu meinem Hausarzt und dankte dem Medizinmann für die tolle Hilfe. Mit leichten Störungen hingekommen und binnen drei Monate kaputt laboriert. Ich verweigerte die Medikamente und forderte sofortige Umstellung. Wir hatten uns richtig in der Wolle, und er knallte mir ein paar andere Pillen auf den Tisch. Ich sollte den Mist nehmen und die Klappe halten. Das Ergebnis war verblüffend, denn am nächsten Tag

machte mir der Arbeitsweg keine Probleme. Der Werksarzt unterzog mich einer Schichttauglichkeitsuntersuchung. Kein Problem, ein paar kleine Einschränkungen für ein halbes Jahr, die bei der Nachuntersuchung wieder erledigt waren, da ich nachweisen konnte, dass sich mein Blutdruck stabilisiert hatte.

Der Fürst hatte mittlerweile dafür gesorgt, dass ich in einem Bereich einzusetzen war, an dem viel körperliche Arbeit zu erledigen war, um mal zu sehen, "ob der Dicke das überhaupt packt". Sein Vorhaben ging leider nicht auf, denn ich hatte damit keine Probleme. Mein Gewicht war mittlerweile bei 125 Kilo angelangt.

Die unsinnige Zwangsversetzung wurde nach ein paar Tagen beendet, weil der erste Mann wieder auf seine Schicht musste und nun ich den Titel übernahm (nur den Titel - nicht die Lohngruppe). Mein Ossi war weiterhin der zweite Mann (auch ohne entsprechende Lohngruppe). Wir schaukelten fast ein Jahr den Laden. Es gab hier keinerlei Reibereien, weil die Fronten klar waren. Ossi hatte keinerlei Ambitionen auf den Posten des Vorarbeiters und war mit der Vertreterrolle absolut zufrieden. Ich hatte Ambitionen auf den Posten und machte keinen Hehl daraus, den Job dauerhaft zu erledigen, sollte Bodo komplett ausfallen.

In dieser Zeit konnte ich unserem Ossi fast alle Tricks und Kniffe an der Anlage zeigen. W ären wir noch ein Jahr zusammengeblieben, wäre unser Wissensstand identisch gewesen. Man kann nicht alle Dinge theoretisch lernen, sondern die Praxis bildet.

Ich hatte ein Problem - der Fürst mag mich nicht. Das spürte nicht nur ich, denn man könnte sich so etwas ja auch einbilden. In diesem Punkt hatte ich aber recht und unterlag keiner

Einbildung und hatte auch keinen Verfolgungswahn. Eigentlich ging mir der Typ am Arsch vorbei, denn bislang hatte ich alle Spinner überlebt, da in dieser Firma neuerdings auch ein Rotationswahn bei den Führungskräften zu sehen war. Ein Wahn, der dazu führte, dass kein Mensch aus der Führung so richtig Ahnung von seinem Bereich hatte. Waren diese Kenntnisse im Ansatz vorhanden, wurde wieder getauscht.

Wir fanden es lustig, denn jeder neue Chef wollte das Rad neu erfinden. Sachen, die wir schon vor Jahren praktiziert hatten, wurden als neue Wunderwaffe eingeführt. Natürlich wurden auch alle Fehler der Vergangenheit wiederholt. Einwände von uns Bedienungspersonal wurden verworfen, da wir ja nicht die Gesamtheit überblicken würden. Das war ein Problem der Neuzeit.

Sagte ein Akademiker, dass der Rhein von der Nordsee in Richtung Schweiz fließt, dann passiert das so, bis das Gegenteil bewiesen ist. Natürlich packe ich als gewerblicher Arbeitnehmer diesen Beweis rhetorisch nicht. Es wird zu einem Meeting kommen, und zehn Leute werden über die Wasserrichtung diskutieren. Einige der Teilnehmer werden der Meinung vom Chef folgen, weil es diese Schleimscheißer immer geben wird. Zwei Wissende werden versuchen, anhand von Aufzeichnungen den Rheinverlauf ins rechte Licht rücken zu wollen. Die Mehrheit der Teilnehmer wird sich darauf einigen, die Quellen der Wissenden nicht anzuerkennen, also die Beweise als unbrauchbar erklären. Eine Abstimmung wird das Ergebnis haben, dass der Rhein in Richtung Schweiz sein Wasser fließen lässt. Da der Beschluss von der Mehrheit getragen wird, ist das Ergebnis amtlich und wird so propagiert. Ich muss also auch das falsche Ergebnis propagieren, obwohl ich die richtige Lösung weiß.

Lieber Chef, dieses System macht dich zum Affen. Setze im-

mer schön dein Halbwissen durch, und mache die Wissenden mit deiner Rhetorik platt. Wirf dein Lexikon weg und sperre im Internet die Adresse von Google. Gehe lieber noch auf ein paar Rhetorikkurse.
Lieber Arbeiter, lege dich nicht mit solchen Typen an. Du kannst mit viel Glück eine Schlacht gewinnen, doch nie den Krieg. Versuche niemals schlau auszusehen, denn du wirst immer den Kürzeren ziehen. Recht haben und Recht bekommen sind bekanntlich zwei Paar Schuhe.
Diese Problematik hätte es früher nicht gegeben, weil es derartige Berührungspunkte nicht gab. Um es auf meine etwas derbe, doch zutreffende Art zu sagen:
Früher war man der Arsch und wurde so behandelt. Heute ist man der wertvolle Mitarbeiter und wird trotzdem wie der letzte Arsch behandelt. Mitarbeiter, die das System nicht begriffen haben, sind einfach nur peinlich oder erhoffen sich Vorteile. Welche Vorteile daraus entstehen sollen, habe ich nie begriffen und sehe auch heute den Nutzen nicht.

Warum mich der Fürst nicht leiden konnte, war mir nicht klar und störte mich auch nicht. Ich komme mit jedem Menschen aus und habe niemals Berührungsängste. Ich bin ein Wunder an Anpassungsfähigkeit, wenn es im Sinne der Firma ist. Auch Achtung gegenüber anderen Menschen, ob Vorgesetzter oder nicht, war mir angeboren. Mein etwas übersteigerter Gerechtigkeitssinn behinderte mich zwar manchmal, war aber noch im Rahmen.
Unser Fürst hatte grundsätzliche Probleme mit der Kommunikation. Ein einfaches „Guten Morgen" war abhängig von Faktoren, die wir nicht überblickten. So war es mir mit der Zeit zu doof, meinen Gruß nicht erwidert zu bekommen. Anfänglich störte es mich innerlich, wenn ich schweigend und grußlos

an meinem Vorgesetzten vorbeiging. Mit der Zeit wurde ich in dieser Hinsicht abgebrühter. Manchmal grüßte der Fürst, und ich dankte. Damit signalisierte er wohl, dass die Laune akzeptabel ist und in gewissem Rahmen eine Ansprechbarkeit besteht. Der Typ konnte mich nicht leiden.
Ohne dem Fürsten ein Motiv unterstellen zu wollen, wird es wohl an meiner Korpulenz gelegen haben, da er selbst ein sehr sportlicher Vertreter war.
Man kann dumm wie Stroh sein, aus dem Hals stinken, aber diese Mängel durch den Erwerb eines Sportabzeichens kompensieren. Ein intelligenter Fettklops wird im Ansehen immer die Arschkarte ziehen und muss doppelte Leistung bringen, um anerkannt zu werden. Das ist kein Problem dieser Firma oder vom Fürsten, sondern hat allgemein Gültigkeit.

Natürlich muss man nicht zusammen ein Bier trinken gehen, aber hier braute sich Gewaltiges zusammen.
Lief etwas nicht nach Plan, schickte der Fürst mir E-Mails und einem riesigen Verteiler quer durch die ganze Firma. In der Regel konnten die Probleme logisch erklärt werden, und das Problem platzte wie eine Seifenblase. Diese Meldung kam aber nicht per Mail, sondern mündlich. Der große Verteiler bekam davon keinen Wind, und so sammelten diese Leute eine negative Nachricht nach der anderen. Brummi rückte das einige Male ins rechte Licht, aber die Anzahl der unnützen und falschen Mails war so groß, dass er den ganzen Tag unterwegs gewesen wäre. Es gab eine richtige E-Mail-Schwemme mit dummen Anschuldigungen, falschen Zahlen und sonstigem Mist. Manchmal war es uns einfach zu blöd, auf diesen ganzen Unsinn zu antworten und klärten es schnell mündlich. Der Fürst lächelte dann und lobte uns, dass wir ja doch richtig han-

delt hätten. Zu dieser Zeit bedachte ich den Schaden im Umfeld nicht, denn die Methode hatte System.
Es sei jedem geraten, solche Zeichen zu erkennen und alle Hebel in Bewegung zu setzen, solche Sachen abzustellen. Es gibt Vorgesetzte, Firmenleitung, Betriebsrat und Gewerkschaften. Es gibt Ärzte, Psychologen, Beratungsstellen und Arbeitsrechtler, die von solchen Sachen leben. Solche primitiven Anmachen müssen im Keim erstickt werden, oder enden im Chaos. Ich weiß, was ich hier schreibe...

Da der Fürst mein Fachvorgesetzter war, musste ich ihn an einem Wochenende privat anrufen, da einige Parameter an der Produktionsanlage geändert werden mussten. Eigentlich das normale Handwerkszeug von uns, aber uns verboten worden. Wir mussten fragen und so tun, als käme die notwendige Entscheidung vom Chef.
Er war nicht da, und seine Frau war am Telefon. Ich bat um Rückruf - Ossi hatte das Gespräch mitgehört. Ich sagte noch, dass ich die Meinung der anderen Vorarbeiter nicht verstehen könne, die die Fürstin als blöde Kuh darstellten. Ich betonte, dass die Frau sehr nett war und einen positiven Eindruck bei mir hinterlassen hatte.
Viele Stunden später rief der Fürst an - allerdings beim Schichtmeister Brummi und tobte los. Was erlaubt sich der Typ, ich also, so den Intellekt bei seiner Frau raushängen zu lassen. Er verbittet sich jegliche Anrufe von mir und Kontakt mit unserer Schicht am Wochenende nur noch über Schichtmeister. Das galt nur für unsere Schicht und meine Person - mein Ossi begreift es bis heute nicht. Ich habe also verboten bekommen, meinen Fachvorgesetzten anzurufen, um Entscheidungen abzufragen, die mir verboten wurden. Der Beginn einer interessanten Beziehung war geboren und auch hier

hatte ich wieder verpennt, diesen unhaltbaren Zustand an einer höherer Stelle zu klären. Mir war der Fürst egal, denn wir haben trotzdem gemacht, was wir wollten.
Übrigens war mein Ossi der Liebling des Fürsten. Ihn mochte der Fürst, und wenn es fachliche und sachliche Unterhaltungen und Informationen gab, war ich zwar der Chef, aber mein Vertreter der erste Ansprechpartner für den Fürsten. Ossi war das schon peinlich. Die Sache sollte aber noch richtig persönlich werden
In einer Nachtschicht hatten wir Pech. Die Anlage lief trotz größter Bemühungen nicht. In der folgenden Frühschicht wurde eine größere Veränderung vorgenommen, die uns in der Nachtschicht nicht zur Verfügung stand. Die Anlage lief dann stabil. Ein Umstand, den man einfach hinnehmen muss und auch vom lieben Gott nicht hätte geändert werden können. Das hatte keine Bewandtnis mit Fachkönnen, Pech oder Ungeschick, sondern mit der Tatsache, dass das rettende Ersatzteil erst in der Frühschicht einsetzbar war. Man kann aber auch aus solch einer Situation negative Dinge drehen, wenn man denn will.
Mir wurde öffentlich vorgeworfen, in 12 Stunden (ach so, hatte ich vergessen - wir arbeiten mittlerweile 12 Stunden pro Schicht) keine Produktion gefahren zu haben, die Frühschicht kommt und fährt unter den gleichen Bedingungen fast störungsfrei. Natürlich wieder per E-Mail mit großem Verteiler. Hier hat der Fürst einfach frech gelogen, was mir aber auch diesmal egal war, denn ich habe ein breites Kreuz (dachte ich wenigstens bis dahin). Eine Richtigstellung gab es nie.

So kam es auch vor, dass der Fürst Versuche mit der Einstellung der Anlage machte - es lief eine Stunde - und dann ab in das verdiente Wochenende ging. Änderungen der Parameter

an der Anlage waren strengstens verboten. Anrufe bis 22 Uhr gestattet - von mir natürlich nicht.
Um 20 Uhr bricht die Produktion zusammen, und nix geht mehr. Was zu tun wäre, um die Anlage wieder richtig flott zu machen, ist kein Problem, denn dafür kennt man sich ja aus. Es ist aber verboten. Also wartet man bis kurz nach 22 Uhr und ruft den Vertreter des Fürsten an und holt sich die Erlaubnis, etwas Positives für die Firma zu tun. Dieses Spiel habe ich mehrmals machen müssen. Die Kollegen der anderen Schichten haben sich keinen Ärger eingehandelt. Im Gegenteil habe ich mit den Kollegen Ärger bekommen, weil die sagten: "Wenn der Fürst das so will, dann fahren wir halt Schrott. Was hängst du dich da rein." Brummi und ich haben mehrfach beraten, wie wir vorgehen - für den Fürsten, oder im Sinne der Firma - und sind dabei immer auf die Firma gekommen. Wir mussten also hinterlistig agieren, um von der Firma Schaden abzuwenden.
Am Sonntag kommt kurz nach Schichtbeginn ein Anruf des Fürsten, weil er ein paar Daten von mir abfragen wollte. Diese Daten hat man fünf Minuten nach Schichtanfang intus und noch einige Dinge mehr. Bedingt durch eine Störung an der Anlage und der vorrangigen Produktionsaufnahme kam ich aber an diesem Tag noch nicht dazu, diese Daten abzufragen. "Das ist nicht so schlimm, ich habe ja hier daheim auch die Daten, da ich mit der Firma vernetzt bin. Einen schönen Tag noch" – so der Fürst sehr freundlich am Telefon. Erledigt dachte ich und war umso überraschter, als ich aus ganz anderen Ecken der Firma erfuhr, dass ich keine Ahnung von der Anlage hätte und nicht mal die einfachsten Daten wisse. Diese linke Ratte ...
Eigentlich war es schon zu spät, denn wie der Typ wirklich drauf war, erfuhr ich über zehn Ecken. So gab es interessante

Gespräche in der Kantine, die genau diese Ahnungslosigkeit von mir zum Thema hatten. Mein Ruf war schon in einem riesigen Radius ramponiert und wurde zum Selbstläufer. Das war die hohe Schule der Falschheit und Feigheit, denn eines schönen Tages war ich mit dem Fürsten allein in seinem Büro und fragte, was denn an mir auszusetzen sei. Ich bin kritikfähig und auch sehr anpassungsfähig, nur muss ich wissen in welche Richtung ich mich drehen soll. Als Antwort kam, dass er mit mir zufrieden sei und wenn er meckere, dieses eigentlich für alle Schichten gelte, also gegen mich spezifisch kein Grund zur Beschwerde bestehe.

Ich berichtete Brummi von diesem Gespräch und erfuhr, dass mit ihm ein solches Gespräch mit dem gleichen Ergebnis stattgefunden habe.

Diese Beispiele lassen sich abendfüllend weiterführen, doch soll es an dieser Stelle mal genug sein. Es geht hier nicht um die Darstellung eines Einzelschicksals, sondern um die Auswirkungen für eine Firma und die Gesamtwirtschaft. Ja, der kleine Arbeiter hat Einfluss auf die Gesamtwirtschaft und reagiert langfristig auf die Fürsten dieser Welt.

Die Rechnung ist sehr einfach. Früher konnten wir ein Ganzes an Arbeitsleistung für die Firma aufbringen. Ein theoretischer Wert, denn Schlendrian, Alkohol, private Beschaffung und Lustlosigkeit waren abzuziehen. Die ganze Leistung wäre aber möglich gewesen.

Heute steht nur die Hälfte der möglichen Arbeitsleistung zur Verfügung, weil selbst der einfache Arbeiter die andere Hälfte benötigt, um mit dem Arsch an der Wand zu bleiben. Diese Zeit wird zur Selbstkontrolle und Selbstabsicherung gegenüber den Fürsten gebraucht. Auch Manipulationsverdeckungen und abgesprochene Szenarien gehen auf dieses Zeitkonto. Bitte nicht verwechseln mit korrekter Arbeit, denn Mist wird immer noch gebaut. Die Zeit wird benötigt, um den Fürsten einen reibungslosen Ablauf vorzugaukeln, um eben diesen Mist zu vertuschen und sich dumme E-Mails zu ersparen. Ich übertreibe? Niemals, denn die Standardbegrüßung unter uns Vorarbeitern der Schichten war die Frage, wie viel Mails man diese Woche bekommen habe.

Wir haben diese Fähigkeiten der Zeitverschwendung perfektioniert. Trotz perfekter Überwachung aller Anlagenteile mit langfristiger Nachvollziehbarkeit, haben wir gemacht, was wir wollten. Sinnlose Versuche fanden nur in der Theorie und auf den Kurven der Überwachungsschreiber statt – ohne dass ein Mensch an der Anlage unnütz geschwitzt hätte.

Wenn die wüssten, wie weit wir denen überlegen sind, würden wir nur noch mit Handschellen und einem Bodygard an Anlagen gelassen werden. Man kann Störungen darstellen, die niemals real waren und Ausfallzeiten fabrizieren, die niemals so stattgefunden haben. Obwohl das Überwachungssystem so perfekt war, dass selbst der Wasserverbrauch des Betriebes auf die Minute abgelesen werden konnte, wurde das System überlistet. Übrigens das Ding mit dem Wasserverbrauch ist genial. Man kann genau sehen, welche Schicht kurz vor Feierabend schon unter die Dusche geht, obwohl es verboten ist.

Bei der Gelegenheit ein kleiner Schwank zum Thema Duschen. Seit Urzeiten wurde vor Feierabend organisiert, dass jeder Mitarbeiter geduscht war. Hatte man kurz vor Feierabend noch mal Sauerei, hatte man Pech. Das war aber die Ausnahme. Auch die Betriebsleitung wusste davon. Es klappte ohne Probleme, und kein Mensch störte sich daran. So begab es sich auf einer Vertrauensleuteversammlung, dass einer dieser Schlaumeier fragte, ob man ein zweites Paar Sicherheitsschuhe für die Leute haben könne. Er argumentierte mit der Tatsache, dass es unangenehm sei, nach dem Duschvorgang wieder mit den benutzten Sicherheitsschuhen an den Arbeitsplatz zu gehen und auf den nahen Feierabend zu warten. Das Ergebnis war, dass es keine Schuhe gab und Duschen erst nach Feierabend erlaubt war. Das war nun offiziell, und wer erwischt wird, hat mit Konsequenzen zu rechen. Dumm, dümmer, Vertrauensmann. Noch dümmer sind die Leute, die solch ein geistig unterbelichtetes Etwas gewählt haben. Was mich an solchen Aktionen störte, ist die Tatsache, dass unsere Führung die Blödheit Einzelner auf die gesamte Mannschaft gedanklich übertragen hat. Mich wundert, dass man uns nicht Babyrasseln als Spielzeug gab.

Gern würde ich an dieser Stelle noch über lustige Sauforgien berichten, doch müsste ich dann Geschichten erfinden. Auf der Arbeit wurde nicht mehr gesoffen. Die Alkoholiker der Schicht soffen entweder heimlich oder wurden erwischt und in Therapie geschickt. Es gab auch Todesfälle, die sich aber im privaten Bereich ereigneten. Sehen wir einmal, ob es zukünftig noch lustige Dinge zu berichten gibt. Machen wir neutral weiter.

Nachdem klar war, dass mein alter Chef Bodo nie wieder kommen würde, sollte der Zustand nun seine geregelten Bahnen bekommen und offiziell ich als Teamleiter und mein Ossi als Vertreter ernannt werden. Alle acht Schichtmeister waren dafür, und es wäre für die Firma die beste Lösung gewesen. Aber wir kennen ja aus der Vergangenheit, dass nicht immer das Beste auch eintrifft. Der Betriebsleiter forderte die Schichtleiter auf, mich nicht zu befördern, sondern zu versetzen, damit ich aus der Schusslinie des Fürsten komme.

So erfuhr ich, dass der Fürst mich eigentlich am liebsten in einem ganz anderen Teil der Firma gesehen hätte und ich noch Glück hatte, nur an die Nachbarmaschine wechseln zu müssen und dort dann offiziell Stellvertreter wurde. Der alte Stellvertreter dieser Anlage wurde der neue erste Mann - anstatt meiner Person. Von dieser Aktion wurde der Fürst zwar in seinem Urlaub überrumpelt, aber der neue Mann bekam zu spüren, dass er kein Wunschkandidat war, aber so war es nun.

Ich wurde einfach auf Eis gelegt, mal von dem finanziellen Verlust ganz abgesehen. Warum ich abgesägt wurde, kam erst viel später ans Tageslicht. Betriebswirtschaftlich war diese Entscheidung für die Firma ein Witz, obwohl mir nicht zum Lachen war. Bis heute hat der Fürst nicht den Mumm gehabt, mir ins Gesicht zu sagen, was zu dieser Aktion geführt hatte. Hier hätte ich mich wieder in meine kleine Werkstatt gewünscht, wo dieser Mensch zum Privatgespräch hinter die Ölfässer geladen worden wäre.

Eigentlich war ich auch froh, wieder einen Wirkungskreis zu haben, in dem meine Arbeit auch die entsprechende Würdigung fand. Nach und nach wurde mir zugetragen, wie der Fürst mich demontiert hatte. So kommentierte er meine Bemühungen für die Nachbaranlage in Sachen Gruppenarbeit mit: "Der soll sich lieber um seine Anlage kümmern." Dass ich die Präsentationen und die Schichthomepage in meiner Freizeit gemacht habe, weil in der Firma die technischen Voraussetzungen nicht gegeben waren (Software usw.), sei nur am Rande bemerkt. Das Problem war aber ganz anders gelagert: Der Fürst kam mit der Art der Personalführung und der Art, wie solch eine Anlage betrieben werden kann, nicht klar. Die von mir schon längst eingeführte Teamarbeit, die an dieser Anlage auch einige Zeit später offiziell eingeführt werden sollte, entsprach nicht den Vorstellungen des Fürsten. Ganz im Gegenteil, war er der größte Feind dieser von der Firmenleitung beschlossenen Sache.

Brummi war mit Abstand der größte Befürworter dieser Team- oder Gruppenarbeit und Vorreiter bei der Einführung. Ich handelte lediglich auf Wunsch meines Schichtmeisters - und habe mich voll ins Abseits gestellt. Die Folgen sollte ich später spüren.
An dieser Stelle sei aber das Thema Gruppenarbeit behandelt und der Unsinn der Produktivität.
Auch auf die Gefahr hin, mich zu wiederholen, ist eine wertvolle Führungskraft heute nicht mehr an vielen, gut ausgebildeten Mitarbeitern zu erkennen, sondern an der Formel Ausbeute durch Mitarbeiterkosten dividiert. Lieber also noch drei Akademiker eingestellt, die dann austüfteln, wie ein Arbeiter eingespart werden kann. Sparen – koste es, was es wolle.
So ist es zu erklären, dass Mitarbeiter des Fürsten stundenlang im Intranet surfen können und dabei sogar die Lohnliste der Firmenleitung entdecken. Übrigens habe ich diese Aktion indirekt in die Schuhe geschoben bekommen, doch auch Landeier können einen Computer bedienen. Bedenkt man den Tagesablauf dieses Superusers steigt mir der Kamm. Ein Drittel dummlabern mit Kaffeepause, ein Drittel der Zeit geschäftig tun und mit einem Ordner unter dem Arm sinnlos durch die Gegend rennen und den Rest in absoluter Planlosigkeit verbringen. Das Ganze auf höchstem Lohnniveau, was aber nicht verwundert. TTV nannte man diese Aktion beim Militär. Tarnen - täuschen und verpissen ...

Man erreicht aber bei der ganzen Personalarbeit und Einsparung schnell einen Punkt, an dem es beginnt, unmenschlich oder illegal zu werden. Dann bemüht man eine Unternehmensberatung, damit herausgefunden werden kann, was jeder kleine Mitarbeiter und die Spatzen vom Dach pfeifen. Der kleine Mitarbeiter macht es kostenlos, die Beraterfirma kassiert

dafür Millionen. Genau solch eine Firma sollte auch bei uns Optimierungen austüfteln und befragte Gott und die Welt. Es wurden Arbeitskreise gegründet und viel geredet und geredet und geredet ...
Das Ergebnis war die probeweise Einführung einer Art von Gruppenarbeit an einer der Produktionsanlagen. Was unsere Bosse nicht mitbekommen hatten, war die Tatsache, dass wir schon lange diese Teamarbeit praktiziert haben. Sehen wir einmal von dem Rückschritt durch die ohne Hirn eingeführten Schichtvergleiche ab, hatten wir auf unserer Schicht diese selbststeuernden Teams schon. Brummi hatte uns binnen weniger Monate gezeigt, wie man eigenverantwortlich eine Gruppe am Leben hält, die Urlaubsplanung macht und Probleme intern löst. Brummi hat in uns und auch in mir Fähigkeiten geweckt, die lange Jahre unter der Oberfläche schlummerten. Brummi hätte in jedem Handwerksbetrieb überlebt und verdiente den Titel Meister. Ich ziehe heute noch den Hut vor diesem Menschen, der als einer der Wenigen in der Firma Eier hatte.

Dass unser Team effektiv arbeitete - obwohl vom Personal her einige "Pflegefälle" im Team waren, wurde vom heutigen Personalbeauftragten bescheinigt, der als Firmenneuling im Schichtdienst alle Schichten kennen lernen wollte. Er wurde Zeuge einer Anlagenstörung und bescheinigte uns in seinem Protokoll professionelles Vorgehen im Sinne der Firma. Da muss ich mich irgendwie bewegt haben, obwohl mit Rekordgewicht von 150 Kilo unterwegs.

Ich falle an dieser Stelle wieder in den alten Fehler, mein Handeln zu erklären und rechtfertigen zu wollen, obwohl es da keine Rechtfertigungsgründe gibt. Eine typische Handlung

von Personen, die von Vorgesetzten nicht korrekt behandelt werden. Warum ich selbst heute noch nicht den Mut habe, hier einfach von Mobbing zu sprechen, versteht selbst mein Psychotherapeut nicht. Die Situation war aber nicht ganz so einfach, dafür aber gespalten.
Einfach wird die Situation, wenn man alle Mitarbeiter und Chefs als Feind hat und man das arme Opfer ist. Ist aber nicht ganz klar, wer Freund und wer Feind ist, also das Feindbild verschwommen ist, ist eine Lösung problematisch. Ich behaupte sogar, dass der Betroffene ohne Hilfe von fachkundiger Stelle immer der Verlierer sein wird. Darum würde ich im nächsten Arbeitsleben nicht mehr den starken Mann spielen, sondern alle Störungen gegen meine Person im Keim ersticken. Man muss nicht der Liebling sein, aber auch nicht der Arsch.
In diesem Zusammenhang stelle ich die These auf, dass Arbeitskollegen niemals Freunde sein können. Ausnahmen wird es geben, sind aber nicht die Regel.

Für mich bedeutete die Flucht vor dem Fürsten den Wechsel an eine andere Produktionsanlage.
Ganz neu war diese Maschine nun auch nicht für mich. Allerdings fehlte mir hier das Quentchen an Wissen, was einen guten Anlagenfahrer ausmacht und mir auch diesen Vorsprung verschafft, wie ich es an der alten Anlage gewohnt war.

Der unbedarfte Leser wird sich wundern, was ich überhaupt will. Industrie und Hilfsarbeiter? Rote und grüne Knöpfe drücken - wenn was nicht funktioniert, dann Chef rufen. Mag sein, dass es solche Stellen in der Industrie gibt, aber nicht bei uns. Unsere Chefs denken sich den Zustand zwar so und reden die Leistungen der Mitarbeiter immer weiter runter, können aber froh sein, dass die Leute so dumm sind, nicht nach diesem Motto zu verfahren. Dumm ist nicht ganz richtig, denn es geht um die Erhaltung der Arbeitsplätze.

Eigentlich ist doch die Sache ganz einfach. Alles ist dokumentiert, zertifiziert und nachlesbar und die Führung träumt seit Jahren, dass die Maschinen so laufen. Ob die Gebildeten das wirklich glauben, kann ich mir nicht vorstellen, denn so blöd können selbst diese Besserbezahlten nicht sein. Ansprechen darf man dieses Thema natürlich nicht. Die Zertifizierungsgesellschaften machen schön mit und der Kunde wird es nie erfahren, was wirklich los ist. Interessiert den Kunden auch nicht, was er geliefert bekommt - hat ja ein Zertifikat, und einige Leute verdienen richtig Geld mit diesem Blödsinn. Aber was mache ich mir als gewerblicher Arbeitnehmer über so einen Kram eigentlich Gedanken?
Kluge Leute sagen, dass ein Mitarbeiter in der Industrie etwa fünf Jahre braucht, bis man ihn vernünftig einsetzen kann und etwa zehn Jahre, bis er ein Mitarbeiter ist, der wirklich gut ist. So erklärt sich, dass ich an dieser Anlage nun noch nicht gut sein konnte.
Ich kam in ein seit Jahren bestehendes Gefüge und hatte eigentlich nur mit unserem Blondi ein Problem. Er war eigentlich für meinen Posten vorgesehen und dementsprechend mies drauf. Von meinem direkten Vorgesetzten habe ich nichts erfahren, weil Ausbildung einfach nicht sein Ding war. Also habe ich Blondi ausgequetscht und mit meiner Erfahrung sein Können etwas in Bahnen gelenkt. Es dauerte aber Monate, bis er nicht mehr gegen mich war, sondern erkannte, mit mir sein Können zu steigern. Wir haben zusammen einige Dinge auf die Reihe gebracht, die sehr zum Wohle der Firma waren und auch noch heute sind. Abgesehen davon war ich

wohl die einzige "Führungskraft", die auch mal gegen Blondi gegangen ist, ohne Angst vor dem Hitzeblitz zu haben, der in Extremsituationen zu explodieren drohte.

Ich hatte absolut freie Hand auf der Schicht, wurde zum Teamsprecher gewählt und habe es weiterhin geschafft, die Schicht als Paradebeispiel für die Gruppenarbeit zu puschen. Mein Chef Tommy hat mich machen lassen - Gruppenarbeit, Ausbildung, Urlaubsplanung usw. usw.

Es hat eigentlich Spaß gemacht. Trotzdem kamen in mir immer wieder trübe Gedanken auf. Ich war auf einem absoluten Abschiebeposten....

Gesundheit

Alles war super, und Zufriedenheit kehrte ein. Trotzdem stimmte was nicht mit mir, denn mittlerweile waren die Anstrengungen an der Anlage Geschichte, da Handling und Technik mich nicht mehr forderten und ich nun Zeit hatte, mich mal mit den Gesamtumständen auseinanderzusetzen. Man hatte mich abgeschoben, und ich habe dadurch eine Gehaltseinbuße. Ich war nicht mehr an der Anlage, an der ich den größten Nutzen gebracht hätte. Für mich war ein Mitarbeiter gekommen, der an meiner jetzigen Anlage den größten Nutzen gebracht hätte. Dieses Paradoxon beschäftigte mich immer mehr. Ich fühlte mich wie ein alter Esel, der sein Gnadenbrot frisst und kam von diesem Gedanken nicht mehr los. Parallel dazu verlor ich immer mehr die Lust an meinem derzeitigen Posten. Das machte sich auch gesundheitlich bemerkbar, und die bekannten Herzattacken waren wieder da. Nichts mechanisch Defektes, sondern rein psychosomatische Störungen. Diese bekommt man aber mit 140 Kilo Lebendgewicht nicht geglaubt, sondern erhält wieder Pillen. Irgendwann bekommt man Pillen gegen die Pillen - ein Teufelskreis.
Blondi und Tommy waren nicht unbedingt Könige der Motivation, da selbst bemüht, aus dem Laden möglichst teuer raus zukommen. Abgesehen davon wurde mir unmissverständlich klargemacht, dass ich strampeln kann wie ich will, 10 Jahre ohne Fehlzeit sein kann, in diesem Laden aber niemals mehr eine Beförderung bekommen würde. Motivation und Gesundheit machten einen Steilflug nach unten, wie ich es nie gedacht hätte.
Plötzlich schlich sich eine komische Angst ein - eine Angst Fehler zu machen. Eigentlich unbegründet, doch ich wurde dieses Gefühl nicht mehr los. Obendrein kam eine gewisse

Angst, weil mein Gesundheitszustand immer mehr zur Spielwiese wurde. Hatte ich einen Defekt - na dann nehmen Sie doch endlich ab. Das ich diese Probleme auch schon mit 67 Kilo Lebendgewicht hatte war egal. Plötzlich wichen die Ängste, weil ich eine Lösung sah:
Mit 200 Sachen gegen einen Brückenpfeiler und nach mir die Sintflut.
Oh Gott - was war los? Alkoholsucht überstanden. Finanzielles Chaos überstanden. Familie war nicht das Problem. Alles wegen dieser blöden Arbeit und der Abhängigkeit der Überweisung der Anwesenheitsprämie am Letzten des Monats? Nein, die Arbeit war nicht mein Problem, denn hier war ja angeblich heile Welt. Man hat sich lieb und war ein wertvoller Mitarbeiter. Zwar vom Fürst abgeschossen, aber wertvoll.
Abgesehen davon entwickelten Tommy und ich ein Arbeitszeitmodell, dass immer sicherstellte, dass einer von uns beiden am Ort war. Das Modell war für die Firma gut, wurde aber als Schlendrian abgetan. Es konnte nur besser werden. So dachte ich Naivling, hatte aber meine Rechnung ohne Whity gemacht. Zu Whity später mehr …

Ich hatte also ein gesundheitliches Problem, welches nicht anerkannt wurde. Ein Mitarbeiter, der sich nach und nach die Knochen reparieren lässt und Jahre an Fehlzeiten produziert, wird geduldet – weil er im Übrigen das Maul hält und gedeckt wird. Auch ein Herzinfarkt hätte mir gut gestanden – besser ein offener Bruch – und Fehlzeiten von vielen Monaten wären kein Problem gewesen. Damit konnte ich aber nicht dienen. Ich stand nur an der Anlage mit Blutdruck und Puls um 250 und mehr, Schweißausbrüchen und Angstanfällen, ohne erkennbare Ursache. Dann noch die Angst, in die Fänge der Werkssanitäter zu geraten. Besser war dann die Flucht heim,

auch wenn es manchmal nicht einfach war. Mit dem Fahrrad ein Weg von zehn Minuten. Ich brauchte manchmal mehrere Stunden ...
Mit den Medikamenten wurde mein Zustand auch nicht besser. Beta- und AV-Blocker – ein Wunder, dass mein Herz überhaupt noch einen Tropfen Blut transportierte, so wie es die Handbremse angezogen bekam. Logisch, dass dann auch Wassertabletten nötig werden, um das dahindämmernde Herz zu unterstützen. So auf Standgas war wohl auch der Verwertungsapparat meiner zugeführten Nahrung völlig überlastet. Cholesterintabletten beheben auch diesen Umstand, und den nun steigenden Zucker senken wir auch mit einem Pharmaerzeugnis. So wurden die Blutwerte wieder in eine normale Richtung gebracht, doch ging es mir immer schlechter.
Natürlich hätte ich weder ein Auto fahren noch an einer Maschine mit schnell drehenden Teilen arbeiten dürfen. Wenn sich alle Betroffenen daran halten würden, gäbe es nie wieder Staus auf der Autobahn und keine Arbeitslosen mehr. Viele Arbeiter stehen unter starken Schmerzmitteln, Herz- und Kreislaufmitteln usw. und müssen trotzdem die Familie versorgen. Ich habe noch nicht einmal die vielen Leute erwähnt, die ein Leben ohne Psychopharmaka nicht über die Bühne bringen oder benebelt von Alkohol und Drogen ihr Leben fristen. Alle diese Leute weg von den Maschinen und der Autobahn, und es würde sehr einsam in den Fabrikhallen und den Autobahnen werden.
Fakt ist, dass zu den gesundheitlichen Problemen eine Arbeitsunlust eingesetzt hat, die unbeschreiblich ist. Da stinkt was zum Himmel ...

Whity

Ein neues Kapitel Schichtleiter beginnt, da im Rahmen einer Jobrotation Brummi mit einem anderen Schichtleiter getauscht hatte. Es kam nun Whity.
Natürlich hatte Whity schon seine Meinung von unserer Schicht. Er wollte und sollte den Sauhaufen mal gründlich aufräumen. Uns war lediglich bekannt, dass wir es hier mit einem Alkoholiker zu tun bekommen, der seine Frau schlägt und von seinen Ex-Kollegen als linke Ratte bezeichnet wird. Na toll - auf gute Zusammenarbeit.
Der erwartete Knall blieb. Es gab wenig Berührungspunkte. Jeder machte seine Arbeit, und nun wurde klar, wie man als Schichtleiter seinen Krankenstand reduziert.

Beispiel: Kommt man zur Frühschicht und geht direkt wieder heim, weil man ein Gebrechen hat, wird dieser Tag als anwesend geführt. Den nächsten Tag Nachtschicht bleibt man daheim und wird ebenfalls als anwesend geführt. Dann folgen zwei freie Tage und danach steht man wieder auf der Matte. Die Statistik bleibt sauber, und ob nun acht Mitarbeiter an der Anlage waren oder nur sieben oder gar nur sechs, fällt der Obrigkeit nicht auf. Da muss Brummi noch viel lernen, wenn seine Statistik nicht immer hinten stehen soll. Besondere Mitarbeiter haben so komplette Krankenhausaufenthalte verschwiegen. Wenn man lieb war, konnte man ohne Meldung krank sein und die Zeit ohne Krankmeldung noch zusätzlich abfeiern. Die Anwesenheitsliste war nicht mehr das Papier wert, auf dem die Eintragungen standen. Unser Team an der Anlage hatte bislang seine Urlaubsplanung usw. selbst gemacht und auch die Eintragungen selbst vorgenommen. Seit Brummi waren wir hier eingewiesen und im Rahmen unserer Gruppe auch in der Lage, unsere Buchführung korrekt zu erledigen. Das war nun Geschichte, da nur noch Whity den Durchblick hatte (fast immer). Konnte schon mal passieren, dass man einen wichtigen Mitarbeiter auf dem Plan hatte, der aber abfeierte oder krank war oder die Lücke an einer anderen Anlage stopfen musste, deren Plan natürlich ebenso getürkt war. Gewisse Betriebsteile hatten damit keine Probleme, und so konnte man den begehrten Urlaub stellenweise verdoppeln. Hauptsache die Statistik ist in Ordnung. Man war daheim und wurde am Arbeitsplatz als anwesend geführt. So gingen auch die Prozente für die Nachtschicht oder auch der Sonntagszuschlag nicht flöten. Coole Sache ...

Natürlich fanden wir an dem System Gefallen, denn es bedeutete mehr Freizeit bei gutem Ansehen. Doch Tommy und meine Wenigkeit hatten Zweifel an dieser Vorgehensweise. Spiegelte doch die manipulierte Anwesenheitsliste eine heile Welt vor, bei der die Anlagen immer ausreichend mit Personal besetzt waren. Natürlich war die Betriebsleitung nicht doof und wusste, dass nicht jeden Tag alle Mitarbeiter als Vollbesetzung anwesend waren. Es musste der Jahresurlaub abgebaut werden, und Mitarbeiter machten Schulungen. So waren wir angewiesen, über das Jahr verteilt immer knapp zwei Mitarbeiter nicht anwesend zu haben, damit sich keine Spitzen der Abwesenheit ergeben. Das galt natürlich besonders zur Haupturlaubszeit, in der es bei unserer Urlaubsplanung keine Probleme gab, da Tommy und ich nicht nur nach Anzahl, sondern auch nach Qualifikation die Abwesenheit steuerten. Logo - zwei Mitarbeiter im falschen Betriebsbereich in Urlaub, und das System bricht zusammen. Wie gesagt, unser selbst steuerndes Team hatte solche Sachen im Griff - aber Whity? Problem war nur, dass sich die Betriebsleitung an der Anwesenheitsliste orientierte und man in Erklärungsnot kam, wenn angeblich gut

besetzt, aber anstehende Nebenarbeiten nicht erledigt wurden. Dass in Wirklichkeit von elf Mitarbeitern nicht zwei sondern fünf Leute nicht da waren wusste kein Mensch. Die Arbeit musste erledigt werden.
Natürlich wurde durch den künstlich gezauberten Niedrigkrankenstand verschleiert, dass man nicht mehr Personal abbauen sollte, sondern eigentlich aufstocken muss. Wem wollten wir davon berichten, hing doch die Betriebsleitung und Firmenleitung unmittelbar durch Prämien an diesem Krankenstand dran. Selbst gefickt, und Whity konnte glänzen wie eine Speckschwarte.
Nun erfrechten sich doch tatsächlich Mitarbeiter, ihre Krankmeldung abzugeben. Selbst da wurde noch manipuliert und teilweise sogar Krankmeldungen von der Krankenkasse zurück gerufen. Doch trotzdem konnte Whity nicht verhindern, dass Fehlzeiten in der Anwesenheitsliste auftauchen mussten. So entstanden Feindbilder, und die schwarze Liste des Schichtleiters wurde aktiviert. Natürlich hatte das seinen Grund, denn Whitys Vorgesetzter führte eine Liste mit der Anzahl der Mitarbeiter mit Krankmeldungen nach Schichten getrennt. Lieber tot als Zweiter - das eiserne Motto und wer da nicht spurte, wurde zum Feind erklärt - koste es, was es wolle. Hatte ein Mitarbeiter noch keine Eintragung in dieser Krank-Liste, wurden seine Fehlzeiten so lange vertuscht, bis es absolut nicht mehr haltbar war oder das System kurz vor der Entdeckung stand, obwohl ich mir sicher bin, dass es der Obrigkeit bekannt war und geduldet wurde, da es einem geplanten Personalabbau direkt in die Hände spielte.

Auch auf dem Gebiet der Gruppenarbeit trat eine Änderung auf, da Whity kein Interesse daran hatte. Der Ausbildungsleiter, den sich die Firma leistete, hatte ebenfalls kein Interesse

mehr an Unterstützung, da wir unsere Veranstaltungen ohne diesen Ahnungslosen planten. Wir wollten uns einfach nicht mehr unsere Informationsveranstaltungen zerstören lassen. Dieser Mann war überflüssig und dabei so überbezahlt, dass es unsere Gruppe nur wunderte. Hätte er wenigstens die Klappe gehalten, wäre es nicht aufgefallen, dass der Mann keine Ahnung hatte - nein, immer vorne weg. Wir empfanden diesen Typ in seiner Traumwelt einfach nur gefährlich, zumal er auch noch in Gremien zur Lohnfindung usw. tätig war. Nicht auszudenken ...
Doch dieses Kapitel ist meinem speziellen Freund Whity gewidmet.

Das erste Jahr habe ich abgesessen, wobei mir das System mit Vertuschung von Fehlzeiten auch gnädig war. Whity bekam es aber mit der Angst, da das System Tommy und ich den Guten nicht einbezog. Wir machten, was wir wollten und was für die Firma das Beste war. Was mir nur gewaltig auf den Senkel ging, war die Tatsache, dass Whity ständig meinen Gesundheitszustand monierte. Allerdings interessierten nicht meine Nierensteine, sondern ich konnte mir ständig anhören, dass man mich nur anzuschauen brauche, um zu sehen, dass ich nicht gesund sei. Ich glaube dir ja, dass du krank bist ... Mensch, du siehst aber auch scheiße aus ... ja mit deinem Gewicht kannst du nicht gesund sein.

Mittlerweile glaubte ich selbst schon daran. Plötzlich waren wieder die Brückenpfeiler zum Greifen nah. Es ging wieder los, und Störungen traten auf, die medizinisch nicht erklärbar waren. In dieser Zeit sollte ich für den Betriebsrat kandidieren. Keine Chance, in diesem Gesundheitszustand eine solche Aufgabe zu übernehmen. Ich wollte nur noch in die genehmigte

Kur. Danach würde es keine gesundheitlichen Probleme mehr geben. Besonders Whity hatte auf diese Kur gedrängt. Ich Idiot habe mich breittreten lassen. Eine überflüssige Kur, die obendrein das falsche Ziel und meiner Gesundheit eher geschadet hatte. Es sei an dieser Stelle bemerkt, dass man Übergewicht durch "Fressen und Saufen" haben kann oder aber durch Störungen, die nicht so einfach erkennbar sind und auch nicht so einfach abzustellen sind. Das sei aber nur am Rande bemerkt.

Es wurde nun mein Übergewicht zum Thema. Was war da nur los? Dass ich an der falschen Anlage auf dem Abstellgleis auf der Flucht vor dem Fürst war, hatte mir schon genug Kummer gemacht. Auf einmal schaute man mir auf das Pausenbrot, wie dick die Wurst darauf war, und plötzlich war ich der Kranke. Komme frisch und wohl gelaunt auf die Arbeit, leicht verschwitzt, weil ich kräftig in die Pedale getreten hatte. Siehst du aber fertig aus - das aus dem Munde eines Mitarbeiters, der selbst schwitzt wie ein Schwein und Betablocker schlucken muss. Hier wurde was gesteuert, und ich sollte viel später vom Erfolg dieser Aktionen überrascht werden. Auch muss ich neidlos zugeben, dass Whity zwar der personifizierte Versager ist, aber in seinem Bemühungen, als wertvoller Mitarbeiter zu erscheinen, ganze Arbeit leistet. Die Mitarbeiter wissen es, die Vorgesetzten wissen es und trotzdem interessiert es keinen Menschen.

Es kam die ersehnte Kur, die so überflüssig war, wie dem Papst seine Eier. Zwar paar Kilo abgenommen, doch der Allgemeinzustand war eine Katastrophe. Ich träumte nun von meinem Brückenpfeiler und begab mich in psychotherapeutische Behandlung. Keinen Tag zu früh, aber fast zu spät fand

ich nun Gehör für meinen kuriosen Gesundheitszustand. Schon nach der zweiten Sitzung wurde mir geraten, eine andere Arbeit zu suchen, was natürlich in der Praxis nicht ging. Der größte Erfolg war aber, dass ich ohne Probleme an Gewicht verlor und ich meinen Brückenpfeiler fast vergessen hatte.
Whity war nicht mehr mein Problem, denn der Typ bekam nun die Art von Zuwendung, die solch ein Mensch verdient: Mitleid.
Mir wurde klar, dass es für einen Alkoholiker oder Drogensüchtigen keinen Freund gibt, auch wenn er es tausendmal erklärt. Auch seine Bezeugungen in seiner Stammkneipe, dass er doch auch nur ein Opfer des Systems sei, haben mich kalt gelassen. Immerhin hat das ahnungslose Opfer 1000 Euro mehr jeden Monat in der Lohntüte, ohne im betriebswirtschaftlichen Sinn auch nur einen Cent für die Firma verdient zu haben. Für einen Mitarbeiter mit einer Auslastung von maximal 5 Prozent ist das viel Geld. Im Gegenteil - durch seine Manipulationen verschenkte er viel Geld der Firma, ohne hierfür Prokura zu haben.

Ich war also zum Feind des Systems erklärt worden. Das hatte neben der Aufnahme in Whitys Todesliste die Beendung der Vorteile von Anwesenheitsmanipulation zur Folge. Im Gegenteil wurden nun Verfehlungen gesucht. Blondi wurde angestachelt, mich zu beobachten und Whity Fehler zu melden. Als Gegenleistung würde man Blondi meinen Posten geben. Das scheiterte aber an der Tatsache, dass Blondi und ich mittlerweile ein fast freundschaftliches Verhältnis hatten und obendrein als Team an der Anlage kaum zu schlagen waren.
Fakt ist aber auch, dass man mich nicht so einfach absäbeln und Tommy nicht rausschmeißen konnte, und überhaupt war

alles Mist. So erfuhr die Anlage eine personelle Fluktuation durch Entlassung, Versetzung und Abschiebung. Mit dieser Mannschaft eine Produktion aufrecht zu erhalten ist dem Team hoch anzurechnen. Nach Whitys Panikaktionen hätte sich eigentlich kein Rädchen mehr drehen dürfen. Leider hat dieser Traumtänzer nie mitbekommen, wie oft ihm von der Mannschaft der Arsch gerettet wurde. Es war der falsche Weg ...
Wir haben für unseren Totengräber die Kastanien aus dem Feuer geholt.

Nun kommt eine Wende, was meine Gesundheit betrifft. Ich hatte mir bei einem Kurzurlaub in Senftenberg, im Osten unseres Landes, einen Zehennagel abgerissen. Wenn ich nur daran denke, wird mir ganz komisch ...
Sonntag früh im Osten und ich ein medizinischer Notfall. Ich befürchtete Schlimmstes, da ich ja die Versorgung hier im Westen, wo alle Dinge so toll laufen, bestens kannte.
Am Empfang angekommen, schilderte ich kurz mein Problem. Die Dame kam sofort mit einem Rollstuhl heraus und setzte mich in das Gefährt, damit mich meine Frau schieben konnte. Der Weg zur Notaufnahme war idiotensicher beschildert. Dort angekommen wurden wir aufgefordert, kurz in einem Wartebereich zu verweilen. Kein Frühstück im Bauch, und auch mein Mittagessen sah ich schwinden – denn ich war an einem Sonntag in der Notaufnahme im Krankenhaus.
Indem ich so über mein Pech nachdenke, ausgerechnet im Osten der Republik so ein Pech zu haben, kam eine Schwester und nahm meine Daten auf, verschwand kurz mit meiner Versichertenkarte und kam zwei Minuten später wieder, um mich mitzunehmen und in einen Behandlungsraum zu setzen. Halt

– hier ist was faul – ich bin doch noch keine fünf Minuten im Krankenhaus und schon in Behandlung?
Sofort kam ein Arzt und versorgte meine Verletzung. Er schrieb einen Bericht und gab eine Spritze gegen Wundstarrkrampf und betrachtete mich kritisch. Er meinte, dass mit mir etwas im Argen liegen würde, und ich sollte mich bei einem Endokrinologen vorstellen. Ich hätte Leiden, die nicht körperliche Ursachen haben. An mir würde das komplette Erscheinungsbild nicht stimmen. Dick ja, aber falsch dick.
Ein Endokrinologe sei ein Hormonspezialist, erklärte der freundliche Notarzt, und da ich am nächsten Morgen abreisen werde, soll ich einfach vorher noch mal im Krankenhaus vorbeischauen. Er würde mich dann nochmals verbinden und die Sache so gestalten, dass ich Auto fahren könne.
Ich war überrascht, dass der selbe Arzt am nächsten Morgen wieder anwesend war. Der arme Kerl war nicht wieder da, sondern immer noch. Trotzdem wieder freundlich wie am Vortag und nochmals die Hormonabklärung dringend angeraten.
Das war nun mein Aufenthalt im Osten und die Medizin. Niemals vorher habe ich ein solch kompetentes, freundliches und gut organisiertes Haus gesehen. Dass der Arzt sich nicht nur wichtig tun wollte, sollte grausame Wahrheit werden. Der Mann hätte mir ein paar Jahre früher begegnen sollen …

Wieder daheim angekommen, machte ich sofort einen Termin bei einem „Hormondoktor". Knapp drei Monate Wartezeit bei Fachärzten sind als Kassenpatient normal. Nicht normal war das Ergebnis der Untersuchung, denn es wurde eine Hormonstörung nachgewiesen. Nicht ein wenig hat da gefehlt, sondern das Ergebnis war eine einzige Katastrophe. Mit dem Ergebnis zum Urologen und Salbe bekommen, die diesen

Hormonmangel ausgleichen würde. Betrachtet man die beschriebenen Erscheinungensformen dieser Krankheit, hatte ich alle Symptome. Nicht, dass ich mir aus dem Apothekerblättchen eine passende Krankheit ausgesucht hatte, passte hier alles wie die Faust aufs Auge.

Ich verkündete meinem Schichtleiter Whity, dass nun wohl der richtige Weg eingeschlagen werde, und das Thema Gesundheit wohl bald nicht mehr meiner Verfügbarkeit im Wege stehen würde.

Diesen Hormonmangel hatte ich übrigens von Geburt an, was plötzlich in einem ganz anderen Licht erschien. Viele Dinge sind nun erklärbar – doch wird das ein eigenes Buch …

Nun machte ich einen Fehler, der mich letztlich den Arbeitsplatz kostete, aber was viel schlimmer ist, fast mein Leben. Diese Hormonkur ist nicht ohne Nebenwirkungen und verändert sogar die Persönlichkeit. Diese Nebenwirkungen führten zu kurzen Ausfällen und Krankmeldungen, was Whity dazu veranlasste, mich psychisch derart durch Drohungen unter Druck zu setzen, dass ich die Hormontherapie abbrach, um meine Arbeit wieder ausführen zu können.
Eine Nebenwirkung war Muskelschwund und einige Dinge mehr, und es war nur eine Frage der Zeit, bis der Zusammenbruch kam. Die Auswirkungen steigerten sich mit zunehmendem Alter überproportional schnell. Das dicke Ende sollte noch kommen, denn mir war absolut nicht klar, wie dringend ich diese Behandlung brauche und wie lebensbedrohlich die Sache werden sollte. Ganz klare Ansage – ich habe die Behandlung selbst und aus eigenen Willen abgebrochen. Es war meine eigene Blödheit, mich unter Druck setzen zu lassen.

Fehler

Bevor es nun unübersichtlich wird, werde ich einige schlaue Bemerkungen zum Besten geben. Man muss die Zeilen bisher nicht sehr aufmerksam gelesen haben, um in den Geschehnissen deutliche Fehler zu erkennen.
Dieses Kapitel ist den Fehlern gewidmet, kann aber nicht ausführlich sein.

An dieser Stelle ist zu sagen, dass viele junge Leser nicht verstehen werden, was hier steht. Diese Menschen verstehen nicht, wenn man schreibt, dass es in der Kläranlage gut roch und damit aber meinte, dass es abartig stank. Diese Leute lesen Sätze als Aneinanderreihung von Wörtern. Ich schreibe für Leser, die aber auch zwischen den Zeilen lesen und hoffe, dass es verstanden wird.
Natürlich sucht man Fehler immer bei den Anderen. Das ist schon ein Fehler, weil man erst sich überprüfen sollte. Liegt der Fehler wirklich auf der anderen Seite ist festzustellen, ob es sich lohnt, dagegen anzugehen. Besteht überhaupt Aussicht, den Krieg zu gewinnen – und nicht nur eine Schlacht? Kann ich kleines Licht was ausrichten?
Willkommen im Club der Angsthasen. Natürlich ist das Schwachsinn und bildet Magengeschwüre.
Passt was nicht, ist sofort die Ursache zu suchen und zu beheben. Das kann manchmal weh tun und auch unbequem sein. Aber einem Hund, der drei Jahre auf den Teppich pinkelt, zu erzählen, dass es plötzlich verboten ist, wird nicht möglich sein. Hier klappt es ebenfalls nicht. Aber im Arbeitsleben ticken die Uhren anders. Auch falsch, denn es gibt keine Uhren, die anders ticken. Es gibt Uhren die richtig und Uhren die

falsch ticken. Schwarz und weiß – kein Grau dazwischen möglich.

Es gibt Untersuchungen, wie hoch der volkswirtschaftliche Schaden durch Mobbing oder ähnlich gelagerte Umstände in den Betrieben ist. Ich behaupte, dass diese Zahlen erheblich höher sind und nicht berechnet werden können.

Unzufriedenheit am Arbeitsplatz ein volkswirtschaftlicher Schaden? Ach wie global gedacht und in Wirklichkeit zweitrangig. Der persönliche Gesundheitszustand ist wichtig, denn Frust in der Firma wird nicht am Werkstor abgegeben und wieder abgeholt, sondern zieht sich wie ein roter Faden durch ein Leben. Kommen dann Faktoren wie Schichtarbeit dazu, wird es richtig gefährlich.

Ich habe gestandene Männer weinen sehen, wenn sie bei der verdienten Beförderung durch eine Null übergangen wurden. Dabei ist besonders grausam, wenn die Stelle wirklich von einer absoluten Nullnummer besetzt wird. Warum diese Pfeife genommen wurde, versteht man nicht. Ist man wirklich schlechter als der Arsch? Hängt es wirklich nur am fehlenden Sportabzeichen, oder spreche ich in der Kantine mit den falschen Leuten? Gedanken, die so überflüssig sind, wie der Kondomautomat im Vatikan, weil in der Industrie Beförderungen nur selten eine Leistung belohnen, sondern taktische Gründe haben können, die mit Logik nichts zu tun haben. Diese Entscheidungen sind teilweise so absurd, dass die Urheber es selbst nicht erklären können. Was es mit betriebswirtschaftlich Dingen zu tun hat, ist ebenfalls nicht nachvollziehbar. Deshalb ist es unsinnig, selbst über diese Dinge nachzudenken, weil es keine Antwort gibt. Und hier setzt der Denkfehler der Führungskräfte ein, die glauben, dass der kleine Mann es schnell schlucken wird. Besser noch, nicht mal merkt,

dass hier geschoben wird. Liebe Firmeneigner – schaut euch dieses Verhalten einmal näher an, denn nun habt ihr eine Pfeife befördert und die Motivation anderer zerstört.
Es mag nun auch noch Mitarbeiter geben, die ihre Leistung weiter steigern und denken, dass doch mal die Belohnung kommen müsse. Diese Knalltüten kann man vergessen. Besser die schaffen sich kaputt, als dass sie einen Posten bekommen. Natürlich bekommen diese Typen öfter in den Arsch getreten, denn wer viel arbeitet, kann auch Fehler machen. Genau solche Leute liebt der Chef. Arme Typen ...
Wir sind aber hier bei den Fehlern und was ich hier so schlau schreibe, ist das Ergebnis meiner Erfahrungen. Aber Erfahrung ist die Summe aller selbst gemachten Fehler. Deshalb behaupte ich heute, dass in unserem Land das Ergebnis schon lange zweitrangig ist. Es gilt lediglich einen riesigen Kropf an Besserwissern mitzuschleppen. Ein Kropf ist übrigens ein nicht notwendiges Übel und somit überflüssig.
Wer nun denkt, mit Hauptschule und erlerntem Beruf, in diese Klasse aufsteigen zu können, ist entweder weltfremd oder dumm. Eine freundliche Begrüßung durch den Vorgesetzten bedeutet nicht, dass man zu dieser Riege gehört. Diesen Umstand vergessen viele Arbeiter.
Aber genau von diesen Leuten leben die da oben. Von den Leuten, die ihre eignen Kinder verkaufen würden, nur um einen anerkennenden Handschlag vom Vorgesetzten zu bekommen. Was fehlt solchen Menschen im Privatleben? Kind neben der Spur und die Frau ein Drachen? Da muss man sich seine Erfolgserlebnisse schon mal auf der Arbeit suchen. Aber Vorsicht, denn die Probleme werden dadurch nicht kleiner. Im Gegenteil ...
Man kann aus dieser Situation ausbrechen und angenehmer machen. Zuerst aber sich selbst in Ordnung bringen. Saufen,

Drogen usw. behindern diesen Weg. Also erst privat Ordnung schaffen und dann am Arbeitsplatz.

An dieser Stelle mal genug mit Fehlern, denn ich merke langsam, dass unser System stinkt.

Fürst II

Es ging ein Gerücht durch die Firma. Bei den Betriebsleitern ist Job-Rotation angesagt, und der Fürst werde an die Anlage kommen, die mir als Rückzugsgebiet dient. Auweia!!!

Es überkam mich ein mulmiges Gefühl. Nicht Angst, denn vor solch einem Wicht hat man als Mann einfach keine Angst, aber das war ja das Problem. Ein Mann schaut einem in die Augen und sagt, was Sache ist. Nur hatte die Vergangenheit gezeigt, dass der Fürst kein Mann ist, sondern wie ein Waschweib manipuliert, intrigiert und einfach nur falsch ist. Schade, denn fachlich ist der Typ eigentlich in Ordnung.

Bildete ich mir das nahende Unheil nur ein, weil ich in diesem Spiel das eigentliche Waschweib bin und nicht in diese Männerwelt passe? Ja verfluchte Hacke - was geht hier ab?
Meine Selbstzweifel hatten sich bald erledigt. Ich bekam mindestens 50 Anrufe aus allen Ecken der Firma und wurde auch einfach so angesprochen und gefragt, wie ich mich denn so verhalten werde, wenn der Fürst nun wieder kommt. Selbst Schichtleiter Whity kriegte ein breites Grinsen in sein sonnenstudiobraunes Gesicht.
Es war also in der ganzen Firma bekannt, dass es hier ein Problem gab. An einer Lösung war man allerdings nicht interessiert, und so war der Tag der "ersten" Begegnung angerückt. Schon der erste Satz aus Fürstenmund verschlug mir die Sprache. Ich war tatsächlich für einige Sekunden platt. Wer mich kennt, wird wissen, dass Schlagfertigkeit meine Stärke ist - aber hier war ich doch sprachlos. Er wünschte gute Zusammenarbeit, wir kennen uns ja schon, und er trage mir auch nichts nach. Nachdem meine Luftzufuhr wieder normal war,

stellte ich meinen Standpunkt dar, wer hier solche Worte überhaupt in den Mund nehmen kann. Die Weiterführung einer "echten" Freundschaft.

Ich möchte mich hier nicht in Aufzählungen der Aktivitäten des Fürsten gegen meine Person verlieben, sondern nur von einer Aktion berichten, die mir das Genick gebrochen hat.
Es begab sich in einer Frühschicht, dass die Produktionsanlage laut Plan um 7 Uhr zu einer Reparatur für etwa 8 Stunden stellgelegt werden sollte. Das bedeutet erhöhten Arbeitseinsatz und kaum Pause. Leider lief in der Vorschicht fast alles schief, und das Material hätte bis 11 Uhr gelangt. Die Anlage war schon seit Stunden in Störung bzw. durch Missmanagement der Vorschicht nicht auf Produktion. Da bis 7 Uhr auch wir kein brauchbares Produkt erhalten hätten, die Handwerker um 7 Uhr an die Anlage wollten, schickte ich um 6:15 Uhr alle meine Mitarbeiter in den Pausenraum, um das morgendliche Ritual Kaffee/Zigarette vorzuziehen, da nach 7 Uhr nicht mehr daran zu denken ist. Immerhin geht eine Schicht 12 Stunden, und da muss man sich seine Kräfte einteilen.
Wir hätten auch unsinnigerweise den Versuch der Produktionsaufnahme starten können, was in meinen Augen Blödsinn war, und obendrein kommt bald die Normalschicht. Die kam auch - der Vertreter des Fürsten ganz nervös, weil der Fürst rumtobt, warum noch so viel Material im System ist usw. und kurz nach Arbeitsaufnahme schon die komplette Mannschaft im Pausenraum? Meine Einwände wurden ignoriert. Ich trommelte die Mannschaft zusammen. Wir quälten uns 40 Minuten nutzlos rum, bis auch der letzte Mitarbeiter durchgeschwitzt war. Um 7 Uhr wurde abgestellt und der Rohstoff abgelassen. Hatte ich es nicht gleich gesagt?
Kurz darauf kam der Chefvertreter und stammelte wild herum

- er könne nix dafür - das hat der Fürst gegen sein Anraten so gemacht - mein Gott, der Mann zitterte am ganzen Körper.

Es ging um eine E-Mail, die der Fürst wieder mit gigantischem Verteiler durch das Werk geschickt hat. Da war neben der allgemeinen Pleite besonders meine Unfähigkeit hervorgehoben und, was gefährlich war - er wolle mir Arbeitsverweigerung nachweisen. Diese Methode war mir geläufig und nun nicht akzeptabel.

Ich zu meinem Schichtleiter Whity und ihn auf die Mail angesprochen. Er hatte sie schon und wollte sich raushalten. Ich forderte sofort einen Termin bei unserem Werksleiter, beim Betriebsleiter oder seinem Vertreter. Kein Mensch da, und so ließ ich den Betriebsrat anrollen. Betriebsratsvorsitzender und Vertreter rückten an. Ein Meeting wurde abgehalten. Das Ergebnis war:

Der Fürstvertreter hat gegen den Fürsten ausgesagt (bestimmt in die Hose geschissen), und der Betriebsrat hat festgestellt, dass meine Handlungsweise vorausschauend und im Sinne der Firma war. Der Fürst muss die Mail klarstellen.

Etwa eine Stunde später kam der Fürst mit einem Ausdruck der neuen Mail mit der Entschuldigung usw. Und ich wurde gefragt, ob ich mit diesem Text einverstanden sei. Kein Problem, und der Fürst dackelte ab und schickte die Mail auf die Reise. Die Schlacht hatte ich mit Pauken und Trompeten gewonnen, den Krieg sollte ich verlieren. Wie sagte Whity so passend: "Jetzt sieh zu, dass du mit dem Arsch an der Wand bleibst. Der tötet dich."

Die Eiszeit war angebrochen ...

Abgang

Ich war ja in psychologischer Behandlung und mein lieber Therapeut hatte so seine Schwierigkeiten mit mir. Die Problematik an meinem Arbeitsplatz war ihm bekannt, doch wollte ich nicht zugeben, dass mittlerweile meine Gesundheit darauf reagierte. Schon vor Jahren wollte er mich auf den Weg bringen, der mich aus dieser Firma befördert.

Für mich ein Ding der Unmöglichkeit und nie bedacht. Fast 30 Jahre in einer Firma ist wie verheiratet sein. Scheiden lässt man sich in den ersten Jahren, doch nicht nach einer Ewigkeit. Fakt ist, dass mein Therapeut wohl aus seiner Erfahrung sprach und ich mal wieder alles besser wusste.
So verliefen unsere Sitzungen in meinen Augen eigentlich sinnlos ab, doch spürte ich im Inneren, dass ich eine gewisse Kraft entwickelte. Es war eine innere Kraft, die ich aus meiner Jugend kannte, als ich mich mit dem Thema der traditionellen Kampfkünste beschäftigte, oder ich in einer Kirche einem Orgelkonzert lauschte. Diese Ruhe brauchte ich dringend, denn die Verschiebung der allgemein gültigen Werte machte mir Angst. Diese Ruhe kam auch meiner Partnerschaft und meinem Sohn sehr gelegen, denn privat hatte ich mich zum Arschloch entwickelt.
Whity lief mittlerweile zur Hochform auf, was die zur Schaustellung meines Gesundheitszustandes anging. Es stand der Urlaub meines Teamleiters an, dessen Vertreter ich war. Panik bei Whity und immer diese Bemerkungen bei den Kollegen, dass ich bestimmt sehr krank sei, man solle sich doch mich mal anschauen. Ich sei halt krank, und da müsse doch etwas passieren. Wer so dick sei, ist halt mal krank. Dieser eigentlich dumme Mensch hatte erkannt, dass die Mannschaft zu mir

hält und wechselte auf die Masche mit der Fürsorglichkeit. Nun kommt hinzu, dass in dieser Zeit jeder Mitarbeiter froh ist, wenn ein Anderer geht und somit der Kelch an der eigenen Entlassung vorbei geht -vorerst. Die Panikmache der Führung wirkt, wie man sehen kann, sehr gut. Das Problem war nur, dass ich nicht wegen meines Gesundheitszustandes zum Thema wurde, sondern das System voll aktiv war.
Was wundere ich mich überhaupt – war ich doch lange genug Teil dieses Systems und Erfüllungsgehilfe bei diesen Machenschaften.
Dieser kleine Angstbeißer lief zur Hochform auf. Das aus dem Munde eines Mannes, der ohne mein Zutun mit großer Sicherheit geschieden wäre und seinen Führerschein in Flensburg besuchen könnte. Von den Dingen auf der Arbeit, wo man dem Typ den Arsch gerettet hat, mal ganz abgesehen.
Ich denke da an private Saufaktionen des Typen, wo Kollegen mit dem Fotohandy Beweisbilder für dessen Ehefrau machen wollten. In der Tat hatte Whity ein Problem, und wenn er besoffen war, nervte er ganz schön. Seine penetrante Notgeilheit und peinliches Anbaggern von allen Dingen, in die man seinen Rüssel stecken kann. Andere Kollegen wollten die Polizei informieren, wenn der Bagger mal wieder im Suff mit seinem Auto unterwegs war. Da hätte man fast jeden Tag anrufen können. Ich habe die Jungs davon abgehalten, weil ich der Meinung war, dass man bei jeder Auseinandersetzung ein gewisses Niveau halten sollte.
Ein ganz deutlicher Ratschlag an dieser Stelle:
Nicht immer an das Gute im Menschen glauben und sich eine eigene Meinung bilden. Mit dieser Meinung findet sich die Wahl der Waffen von sebst. Und diese Wahl zieh weiterhin durch. Wenn ein Konflikt mal dreckig ist, bleibt er auch dreckig. Das gilt für beide Seiten einer Auseinandersetzung und

entspringt keiner Regel aus einer wissenschaftlichen Untersuchung, sondern der Realität
Mittlerweile war selbst mir klar, was das ganze Theater um meine Person sollte. Ich selbst war ja oft genug bei Aktionen dabei, wenn ein Mitarbeiter unerwünscht war. Nur lange genug im Gespräch halten, beobachten und immer schön niedermachen. Kenne keinen ehemaligen Kollegen, der dieses länger als ein paar Monate überlebt hätte. Mein Tommili macht da die große Ausnahme (du bist der Beste mein Junge - wir haben dich alle lieb).
Ich wusste also nun, dass ich in diesem Stadium Kopfstand machen und mit dem Hintern Mücken fangen kann und trotzdem auf der Abschussliste ganz oben stehe. Alle Augen waren auf mich gerichtet.

So kam es dann, dass mein direkter Vorgesetzter in Urlaub ging und ich der Chef im Ring war und direkt Whity unterstellt war.
Bevor mein Chef in Urlaub ging, quälte ich mich mit Kreuzschmerzen rum. Schmerztabletten ohne Ende und viele Spritzen waren das Ergebnis. Auch als ich dann für vier Wochen Chef war, wurde einfach die Medikamentendosis vervielfacht. Ich wusste nicht wie ich mich setzen sollte oder mich überhaupt bewegen kann. Krank ging nicht, das war klar, und der Fürstvertreter hat wohl gemerkt, dass Rossi Probleme hat. Muss sagen, ein feiner Kerl, doch leider die Hosen vor dem Fürsten gestrichen voll (und nicht nur er). Wir haben das Kind geschaukelt. Ich bin lediglich in einer Frühschicht für eine Stunde früher weg, da ich komplett den Plan verloren hatte:
Ich war so voll gepumpt mit Schmerzdrogen und hatte trotzdem so starke Schmerzen, dass mir selbst einfachste Dinge am Arsch vorbei gingen. Dem Fürstvertreter machte ich klar, dass

ich ihn zwar höre, aber den Sinn seiner Worte nicht verstehe und nun heim gehe, bevor ich für meine Kollegen und mich zu einer Gefahr werde. War kein Problem - es ging um eine Stunde und den Rest bis zur Wiederkehr meines Chefs habe ich die Zähne zusammengebissen. Ein Einsatz unter starken Betäubungsmitteln war meinen ganzen Vorgesetzten bekannt und geduldet, obwohl ich in diesem Zustand keine Produktionsanlage hätte bedienen dürfen. Wenn der Werksarzt wüsste, wie viele der Mitarbeiter unter Medikamenten stehen ...

Tommili und Blondi wollten weg von dieser Firma. Ali sah den Aufenthalt nur als Übergang in sein Dasein als Künstler. Drei Leute, die innerlich schon lange gekündigt haben, in meinem unmittelbaren Umfeld. Ich hatte auch keine Lust mehr, weil sich gesundheitlich mein Zustand verschlechterte. Null Bock und Probleme machen eine Schicht zur Qual.
Mitten in der Nacht zur Frühschicht aufstehen und einen solchen Ekel haben, dass man einfach im Bett bleibt und die Ehefrau im Betrieb anruft und die Abwesenheit entschuldigt. Wenn noch Urlaub vorhanden ist, nimmt man Urlaub oder droht mit einer Krankmeldung und bleibt eine ganze Woche daheim.
Da ich mit Tommili aber immer die Führung sichergestellt habe, wurde ich noch nicht zum Problem. Aber Blondi bereitete seinen Ausstieg schon vor und wollte einen Rausschmiss provozieren, um seinen sofortigen Anspruch auf Arbeitslosengeld nicht zu verschenken. Unser krasser Betriebsleiter sah diesen Umstand mit Besorgnis und raffte nicht, dass dieses Verhalten nur durch die Kündigung enden kann. Es fand ein sehr menschliches Gespräch zwischen den Beiden statt, und der Chef war überzeugt, Blondi nun auf die richtige Bahn ge-

bracht zu haben. Ich selbst war zu diesem Zeitpunkt krank und sollte erst am nächsten Tag wieder die Arbeit aufnehmen. Ich hatte eine Audienz beim krassen Mensch, weil er mich auch auf die rechte Bahn bringen wollte. Ein paar Minuten vorher bekam er mit, dass Blondi wieder nicht zur Arbeit gekommen war. Der war so stinksauer, dass er mir nach 28 Jahren die Kündigung ausgesprochen hat.
Ich habe es zur Kenntnis genommen. Chef wollte mir noch erklären warum – was mich aber nicht interessierte. Ich war froh, dass es nun endlich vorbei war.
Wieder bei meinen Kollegen angekommen, schlug die Nachricht wie eine Bombe ein. Man hatte eine Institution angegriffen, und erst jetzt wurde wohl den letzten Mitarbeitern klar, dass die Führung auch vor Leuten keinen Halt macht, die eigentlich schon zum Inventar gezählt wurden.
Gekündigt war ich nicht, sondern ich solle beim Werksarzt meine Schichttauglichkeit nachweisen und gleichzeitig beim Personalchef meine Abfindung besprechen und dann verschwinden. Ich war ab sofort freigestellt.
Hatte der Typ einen Zorn auf Blondi …

Nun kommen ein paar Dinge, die ich nie für möglich gehalten hätte. Würde mir so heute nicht mehr passieren.

Ich kam also zum Werksarzt. Der wusste schon, was er machen sollte. Leider war der bekannte, alte Werksarzt mittlerweile im Ruhestand und nun ein junger Leiter dieser Abteilung im Einsatz, der völlig abhängig von den Betrieben war, weil das Werk kein Ganzes mehr war, sondern jede Abteilung eine eigenständige Firma, die nach betriebswirtschaftlichen Gesichtspunkten überleben musste. Der Betrieb war also der Auftraggeber für diese Untersuchung. Dass ich mir einen eigenen Arbeitsmediziner hätte suchen können, sei mal nicht das Thema hier, weil ich mit der Untersuchung mehr als zufrieden war.

Ein Helfer machte mit mir ein Belastungs-EKG, und der Mensch hatte Probleme, mit mir umzugehen, da er den Grund meiner Untersuchung kannte. Ich sollte schichtuntauglich gemacht werden. Er taute erst auf, als ich das Gespräch lockerte und noch Witze über die vorgewärmten Elektroden mache.
Ich war als fette, unbewegliche Person angemeldet worden, die keine zwei Schritte ohne Atemnot packt. Der Mann war richtig erleichtert und geradezu froh, als er das EKG sah. Logisch, da ich jeden Tag etliche Kilometer mit dem Fahrrad unterwegs war und es schon Kult war, dass ich bei Wind und Wetter mit dem Rad zur Arbeit kam. Auch der Winter machte da keine Ausnahme.
Er sagte, dass es aus dieser Richtung keinerlei Probleme geben kann und nur noch die Laborwerte der Blutuntersuchung abzuwarten sei. In zwei Tagen mal anrufen …
Da ich wusste, dass meine Blutwerte absolute Spitze waren, ging ich derart gestärkt zur Personalabteilung und hörte, dass man mir 10.000 Euro bietet und ich meine lange Kündigungsfrist bei voller Bezahlung daheim absitzen könne. Indiskutabel für mich …

Mittlerweile hatte sich mein krasser Mensch wieder beruhigt und meinem Vorgesetzen Whithy gesagt: „Wenn er heute zur Schicht erscheint, vergessen wir die Sache."

Natürlich kam ich zur Nachtschicht, denn ich war arbeitsfähig und nicht gekündigt, und eine Familie zu ernähren. Es gab also keinen Grund nicht zu erscheinen.

Meine Anwesenheit verwunderte wohl ein paar Leute. Der Fürst war zur späten Stunde noch da und saß beim neuen Betriebsleiter. Der krasse Mensch hatte mich zwar noch raus geschmissen, war aber eigentlich schon nicht mehr da.
Sein Nachfolger war ein Manager wie er im Buch steht und alle – ich betone alle – Kurse belegt hat, die ihn zum Manager machen. Rhetorisch weit überlegen und ein Typ, der kein Marmeladenglas aufbekommt, aber schon über den Geschmack des Inhaltes stundenlang nachdenken könnte.
Dieser Mann hatte vom Fürsten alle negativen Informationen bekommen und kannte mich nicht. Sehr einseitig, und so rief er beim Schichtleiter an, ob ich erschienen sei. Der schaute aus dem Fenster und meinte, dass mein Fahrrad unten stehe, ich also anwesend sei. „Wie Fahrrad? Der fährt Fahrrad?"
Der konnte nicht fassen, dass ich Fahrrad fahre, weil das dargestellte Bild so nicht stimmen konnte. Ich habe diesen Umstand aber erst später kapiert, denn ich ließ mich nun feiern, weil alles in Ordnung war. Gesund und nicht gekündigt und meine Arbeit aufgenommen. Schuss vor den Bug hatte ich verstanden, und ich müsste wohl die Füße etwas still halten.

Ja Scheiße, hatte ich bisher das System doch recht großzügig genossen, drehte nun die Firma auf und zeigte was Sache ist, wenn hier mal Macht ins Spiel kommt. Ich ziehe den Hut, vor so viel Fantasie von sonst blutleeren Fachidioten, die aber nur funktionieren können, wenn viele Leute Dreck am Stecken haben und alle am selben Strang ziehen. Dazu gehört auch, einfach den Mund zu halten und nicht hinzusehen. Anstatt mit mir zu reden, wurde im Hintergrund ein gewaltiges Szenario gestrickt, denn eine Institution wie ich eine bin, bedarf besonderer Mittel zur Entfernung. Dabei hätte es so einfach sein können …

Dass es zu diesem Zeitpunkt nicht mehr um den Erhalt meines Arbeitsplatzes ging, dürfte wohl klar sein. Ich hätte es nur gern bestimmt, wie ich hier die Biege mache und noch mitnehme, was geht.
Meine Blutwerte waren übrigens in Ordnung, und mir wurde telefonisch bestätigt, dass ich ohne Einschränkungen schichttauglich bin, und ich dachte, dass ich nun eine Verschnaufpause hätte. Denken war noch nie meine Stärke – besonders wenn es um meine Zukunft ging. So kam auch ein paar Tage später ein Termin beim Personalleiter. Wer das aus dem Handwerk nicht kennen sollte, sei erklärt, dass der Personalleiter von dem Betrieb den Auftrag bekommt, einem Mitarbeiter böse zu sein, mit ihm zu schimpfen oder ihn billig loszuwerden. Ebenfalls ein Dienstleistungsbetrieb, in dem aber Dienstleistungen eher gegen das Personal gerichtet sind, und somit der Name Personalabteilung eher irreführend ist.
„Wir haben ein Problem mit ihnen", begann das Gespräch. Nun konnte er nicht mit den Fehlzeiten kommen, weil die zu einem Rauswurf nicht ausreichen. Also wurde mein Übergewicht herangezogen und festgestellt, dass ich einfach krank sein muss. Meine teure Kur, die von der Solidargemeinschaft der Beitragszahler – also auch von ihm – bezahlt wurde, war völlig überflüssig. Ich solle mich schämen und sei ein Schmarotzer.
Ich denke, er wollte, dass ich ihm auf die Schnauze haue. Ausserhalb des Werkstores würde ich ihm die Eier rausreißen, aber hier hätte es mir sehr geschadet.
Wo ich noch so denke, was der Typ überhaupt mit meiner Gesundheit will, präsentiert er mir, dass meine Untersuchung ergab, dass ich den Belastungen meines Arbeitsplatzes nicht gewachsen bin und aus Sorgfaltsgründen ich dort nicht mehr beschäftigt werden kann. Der Werksarzt hätte in seinem Bericht

eine deutliche Sprache gesprochen. Eine Änderungskündigung sollte ich unterschreiben, die mich einige Lohngruppen gekostet hätte und ich wieder auf dem Abstellgleis geendet hätte. Der Fürst hatte es wieder geschafft ...

Es ist wohl legitim, dass ich nun das Gespräch mit dem Arzt suche, da hier wohl eine Verwechslung vorliegen würde. Der

Kontakt sollte aber nicht stattfinden, weil es einfach für mich keinen Termin gab und ein Rückruf nicht erfolgte.

Ich arbeitete einfach normal weiter, und so sollte es in der nächsten Nachtschicht die nächste Überraschung geben. Hatte mir schon gedacht, dass nun seitens der Firma die Sache etwas aufwendiger wird. Es wurde nicht aufwendiger, sondern lächerlich, da mir wegen meiner Gesundheit untersagt wurde, an gewissen Teilen der Anlage zu arbeiten. Es greife an dieser Stelle die Sorgfaltspflicht des Arbeitgebers und sei zu meinem Schutz.

Die mir nun verbotenen Anlagenteile waren so gewählt, dass mir nur noch eine Tätigkeit auf dem Abstellgleis übrig bleiben würde. Eine Maßnahme, die bei der Belegschaft zu Gelächter führte, weil man ja schon an unsinnige Entscheidungen gewöhnt war, hier jedoch eine neue Qualität an den Tag gelegt hatte. So kam es, dass in einer Schicht an der Anlage Personalmangel herrschte und mit der Ausbildung der vorhandenen Mannschaft ein Betrieb nicht möglich war. Die Mannschaft war froh mich zu sehen, doch Whity untersagte den Einsatz wegen der Anordnung, mich dort nicht einzusetzen.

Ich erfuhr nun, dass eine Kommission bestehend aus Personalabteilung, Werksarzt, Sicherheitsleiter und anwesendem

Schichtleiter die Anlage besichtigt hatte und die für mich relevanten Teile erkannt hatte. Von diesen vier Leuten hatten zwei Teilnehmer die Anlage noch nie vorher gesehen, ein Teilnehmer war seit einer Woche im Amt, und ein Teilnehmer kannte die Anlage nicht aus der Praxis.
Natürlich wären auch fachkundige Leute für diese Begehung zu finden gewesen, doch hätten die wohl kaum diesen Unsinn unterschrieben.
Die Sache regte mich so auf, dass ich Herzrasen bekam und mein Magen rebellierte. Krankmeldung folgte … und nachdem der Betriebsrat meine Änderungskündigung nicht billigte – kam halt die richtige Kündigung.

Zur Erklärung sei gesagt, dass die Firma diese Kündigung so niemals durchsetzen könnte.
Leider wurde ich immer kranker, wobei man eigentlich nicht kranker werden kann. Es gibt gesund, und es gibt krank, und ich war krank. Also ist Krankheit die Abwesenheit von Gesundheit.
Das hatte jetzt nichts mehr mit dem Kopf zu tun, sondern Muskelschwund und weitere Auswirkungen setzten mich außer Gefecht. Mehrmals probierte ich die Arbeitsaufnahme, doch habe ich den Weg zum tatsächlichen Arbeitsplatz nicht mehr gefunden. Sobald ich den Laden sah, bekam ich Durchfall und Magenkrämpfe. Und weiter krank … und mittlerweile griff nicht mehr die Lohnfortzahlung, sondern ich bekam mit erheblichen Abstrichen Geld von der Krankenkasse.
Es stand nun endgültig fest, dass ich in diesem Laden nicht mehr arbeiten werde und mein Abgang wenigstens etwas Geld bringen sollte. Gleichzeitig wurde mir klar, dass ich gesundheitlich ruiniert bin. Das muss man mal verkraften, wenn man

früher der Platzhirsch war. In der Vergangenheit leben verbaut den Blick für die Zukunft. Ich merkte es sehr deutlich. Einhundert alte Pluspunkte werden durch wenige neue Minuspunkte gelöscht. Lieber in gewissen Abständen wenige Pluspunkte machen. Dann kann man sich auch einmal einen Bock erlauben, ohne in die Gefahrenzone zu geraten.

Das Ende

Hier vom Ende zu sprechen ist etwas spät, weil schon lange eingeläutet. Aber die ganze Geschichte ist nicht so einfach für beide Seiten.
Ich will raus, und die Firma will nicht als Verlierer dastehen. Das kompliziert die Sache gewaltig, denn einfach geht nun nicht mehr. Da änderte auch der von mir eingeschaltete Arbeitsrechtler nichts.
Mal ein kleiner Denkanstoß, wie doof die Sache ist. Ich klage also gegen die Firma, damit die Kündigung für unwirksam erklärt wird. Selbst der Betriebsrat ist auf meiner Seite, und was ich an Solidarität seitens meiner Kollegen erlebte, war unbeschreiblich..
Gleichzeitig war klar, dass ich in dieser Firma nie wieder arbeiten würde, weil ich mir mittlerweile aussuche, mit wem ich verkehre. Wenn ich den Prozess gewinne, bin ich im Eimer. Es muss auf einen Vergleich rauslaufen. So kam es zu einem Sühnetermin vor dem Arbeitsgericht. Sogar der Betriebsrat war anwesend, und mein Anwalt ließ die Gegenseite nicht so gut aussehen. Es gab keine Einigung, und es würde später zu einer Verhandlung kommen und ein Urteil nötig werden.

Mein Anwalt war in der von mir beauftragten Kanzlei der Typ, der den Firmenvertreter nicht ausstehen konnte. Die anderen Anwälte kannten den Personalleiter als Referendar. Mir wurde gesagt, dass selbst die Arbeitsrichterin die Kanzlei sehr gut kennen würde. Zum Glück war ich genau beim richtigen Anwalt, da sonst der fade Beigeschmack der Mauschelei entstanden wäre.
Ich war weiterhin krank. Mittlerweile hat die Krankenkasse den Medizinischen Dienst der Krankenkasse eingeschaltet, um

zu prüfen, ob ich das Krankengeld auch verdiene. Ich wurde langsam teuer, und so ging ich dort hin. Früher sagte man Vertrauensarzt zu dieser Institution. Diese Leute waren das Schreckgespenst aller Simulanten und Schmarotzer.
Schon nach kurzem Gespräch war klar, dass ich mir um mein Krankengeld keine Sorgen machen muss. In diese Firma würde mich diese Ärztin nie wieder schicken. Eine Sorge weniger, und wenn man über die Lohnfortzahlung krank ist, benötigt man auch keine Krankmeldung vom Hausarzt mehr.

Der Termin für die richtige Verhandlung vor dem Arbeitsgericht würde bald folgen – dachte ich wenigstens. Weil das Gericht mit den ganzen Abfindungsverhandlungen einer Kaufhauskette zu tun hatte, wurde es knapp. Eine Woche vor Ablauf der regulären Kündigungszeit war erst die Verhandlung. Mir wurde immer klarer, dass die ganze Geschichte nicht gut enden kann, weil ich den Prozess mit Sicherheit gewinnen werde. Und dann?
Dann müsste ich wieder in die Firma, was aber nicht möglich war, weil mittlerweile mein Gesundheitszustand sich weiter verschlechtert hatte. Ich kann also nicht dort arbeiten und die Firma würde mich einfach entsorgen können, und ich nicht einen Cent Abfindung nach 28 Jahren sehen.
Was nun folgt, habe ich nicht direkt verstanden. Um ehrlich zu sein, war es einfach nur geil für mich. Ich schreibe mal einfach die Sache so, wie ich mir denke, dass es gewesen sein könnte. Anders hätte es in meinen Augen keinen Sinn.

Es ging der Firma darum, wegen der Statistik diesen Arbeitskampf nicht zu verlieren, auch wenn es momentan Geld kostet und die mich später eigentlich gratis entsorgen könnten. Ein Vergleich kann wie ein Sieg erklärt werden, und die Beleg-

schaft bekommt mit, dass es der Firma gelungen ist, auch Institutionen wie mir den Werksausweis abzunehmen. Es ging nur darum, das Gesicht nicht zu verlieren.
Das würde aber passieren, wenn mein Anwalt loslegt, mein Vertrauensmann mal Tacheles redet und der Betriebsrat und Kollegen mir beistehen würden. Ja, wenn da jemand gewesen wäre. Keine Sau da …
Dafür eine Anwältin aus der Kanzlei, die ihren Kollegen als krank entschuldigte und meinte, es sei kein Problem mit ihr das Ding zu meinen Gunsten durchzuziehen. Ich erklärte mich mit ihrer Vertretung einverstanden, weil die Kündigungsfrist in ein paar Tagen abläuft und eine neue Verhandlung erst in ferner Zukunft zu erwarten war.
Hier lief was falsch. Ich merkte erst viel später, dass hier für mich alles korrekt lief. So hatte ich einen dicken Ordner mit Unterlagen, Berichten, Listen und Unterschriften dabei. Wenn diese Dinge hier zur Sprache kommen, knallt es in der Firma und da wackeln Stühle. Geiler Ordner, den ich auch im Auto hätte lassen können. Ich kam nicht dazu ‚etwas zu sagen, und nachdem mich die Gegenseite so richtig mies gemacht hatte, wollte ich was sagen. Meine Anwältin unterband das und entschuldigte meinen Einwand mit meiner Nervosität. Nix nervös – ich bin fast geplatzt.
Die ganze Verhandlung war schon lange gelaufen und das Ding heute nur, damit ich wenigstens etwas den Eindruck bekommen, wofür meine Rechtschutzversicherung ein paar Tausender bezahlen musste.
Bevor ich mich mit dem Vergleich einverstanden erklärte – ich hätte gern 20000 Euro mehr gehabt – gab es eine kurze Beratung, und die Anwältin, die ich heute kennengelernt hatte, riet mir dringendst anzunehmen. Sonst bestünde die Gefahr des

Totalverlustes. Also Zustimmung, und die Firma und ich waren geschiedene Leute.
Vor dem Gericht stand ich nun auf der Treppe mit meiner Frau zusammen und atmete tief durch. Es war eine Befreiung, wie man es nicht schildern kann. Ich war nun arbeitslos und trotzdem war es ein solch geiles Gefühl der Freiheit, nicht mehr für irgendein Arschloch die Kastanien aus dem Feuer holen zu müssen, sondern nun eigenverantwortlich zu sein.

Schön, dass mir so geholfen wurde, denn die Abfindung betrachte ich nachträglich als Geschenk. Vielen Dank ...

Ich war krank und arbeitslos – aber glücklich. Dieses Glück führte dazu, dass ich vom Kettenraucher zum Nichtraucher wurde und vom Säufer zum Antialkoholiker. So einfach kann es manchmal sein.

Natürlich war ich eine riesige Last nun los. Ich wäre nicht der, der ich bin, wenn es nicht noch ein paar Hürden gegeben hätte.

Arbeitslos

Wenn man von einer Kündigung Kenntnis hat, ist das Arbeitsamt – ich nenne es immer noch so – zu informieren, und wenn die Arbeitslosigkeit dann eintritt, ist dieser Umstand sofort anzuzeigen. Also am Anfang der Kündigungszeit hingehen, da sonst ein paar Monate ohne Geld die Folge sind.
Ich hatte es aber richtig gemacht. Fast richtig aber nur, denn ich hatte keine Ahnung, wie sich das Arbeitslosengeld errechnet. Durch diesen Umstand habe ich monatlich 100 Euro Arbeitslosengeld verschenkt. Der Betrag errechnet sich aus dem Durchschnittsverdienst der letzten 12 Monate. Diesen Schnitt hatte ich mir aber durch den Bezug von Krankengeld kaputt gemacht. Wäre ich nur eine Woche länger krank gewesen, wären 24 Monate in die Berechnung eingeflossen. Hätte man wissen müssen, denn nun hatte ich 1800 Euro verschenkt.
Der monatliche Betrag lag um ein zigfaches über dem Sozialhilfesatz, und man ist ja nicht undankbar. Ich bekam sogar einen Ausdruck mit und sollte mich bei einer Firma vorstellen. Da ich schon vorher im Onlineportal der Argentur für Arbeit aktiv war, versprach ich, mich dort wegen einer Arbeit zu informieren.
Wer jetzt aufgepasst hat, wird ein Fragezeichen auf der Stirn haben. Denke, der war krank. Jetzt sucht er eine Arbeitsstelle? Ja, ja, da läuft doch schon wieder was schief. Aber das kennt man doch von mir, dass es immer etwas anders läuft.

Aber mal ehrlich und die Hand aufs Herz. Leben wir nicht alle in der Vergangenheit? Waren wir nicht alle sportlich, schnell und kerngesund? So wollte auch ich nicht einsehen, dass ich eigentlich nur noch ein billiger Abklatsch meiner Vergangenheit und ich eigentlich kaputt bin. Richtig kaputt ...

Und wenn ich der Überzeugung war, dass meine alte Firma ineffektiv war, sollte ich bei der Agentur andere Dimensionen erleben dürfen. Dachte ich doch, dass es hier um den einzelnen Menschen geht. Hatte ich immer noch nicht verstanden, um was es eigentlich wirklich geht?
Dachte ich tatsächlich, der Zettel mit dem Jobangebot wäre für mich? Quatsch, die hat das Ding auch nur aus dem Portal im Internet ausgedruckt, wo ich und Tausende auch schon geschaut haben. So erfüllte ich wenigstens die Auflagen und gab monatlich meine Nachweisliste mit 10 Bewerbungen ab. Nicht ganz einfach, denn ich hatte alle Möglichkeiten schon telefonisch abgegrast. So schrieb ich halt Firmen aus Stellenanzeigen an, die auch nur ansatzweise in meine Richtung kamen und dabei ungeachtet der Entfernung waren.
Die Rückmeldung einer Absage lag etwa bei 5 Prozent und der Rest hatte es nicht mal nötig, zu antworten. Mit 47 Jahren liegen die Jobs nicht auf der Straße, wobei diese Situation von einigen Firmen ausgenutzt wird. Die Schande dabei ist nur, dass es Menschen so dreckig geht, dass sie dort arbeiten. Ist wohl so, dass wenn man ganz unten ist, es immer noch ein Treppchen tiefer gehen kann.
Dass bedeutet, wenn es hier im Ort zwei Firmen mit einer Dienstleistung gibt und die Beiden vernünftig kalkulieren, ihre Mitarbeiter korrekt bezahlen und die Kunden optimal versorgen und gewinnbringend am Markt sind – komme ich und mache eine dritte Firma auf. Ich bezahle meinen Leuten fast nix und biete die Leistung viel billiger an. Die Qualität ist am Rande der Legalität, und nur noch ich verdiene. Meine Mitarbeiter holen sich als Aufstocker den Rest zum Leben vom Amt. Irrsinn? Natürlich, denn die beiden seriösen Firmen gehen pleite, und die Mitarbeiter fallen dem Staat zur Last. Wenn das freie

Marktwirtschaft ist, dann habe ich einige Dinge wohl nicht verstanden ...

Mittlerweile war es fast nicht mehr möglich, so viele Bewerbungen auf meinem Nachweiszettel für das Arbeitsamt einzutragen. Ich machte das meiner Sachbearbeiterin deutlich. Ich könne ja auf den Zettel nicht einfach schreiben, dass ich mich beim Papst beworben hätte.

Die Antwort war interessant: „Warum kann da nicht eine Bewerbung beim Papst stehen?" Meine Chefin will von meinen Fällen im Monat eine gewisse Anzahl auf den Zetteln sehen. Damit das funktioniert, bewerben sie sich beim Papst – zumindest auf dem Zettel – und schon habe ich meine Ruhe. Habe ich meine Ruhe, haben auch sie ihre Ruhe. Was gibt es daran nicht zu verstehen?"

Das war deutlich, denn es ging nicht um einen Job für mich, sondern um das Soll der Arbeitsvermittlerin und um das Soll ihrer Abteilungsleiterin und um das Soll des Amtsleiters. Und ich dachte, es ginge um meine Person. Kannte ich doch eine gewisse Kälte für Einzelschicksale aus der Industrie ganz gut, geriet ich hier vom Spätherbst in die Eiszeit. Hier ging es den „Vorgesetzten" ja komplett am Arsch vorbei.

Hier wird sich hinter der Mitwirkungspflicht des Arbeitssuchenden verschanzt und dabei vertuscht, dass seitens dieser Arbeitsagentur neben der Verwaltung und Geld keinerlei Leistung in Richtung Arbeitsplatz zu erwarten ist. In 18 Monaten kein Vorschlag für einen Arbeitsplatz zeugt von einer gewissen Hilflosigkeit.

Dafür kam eine Aufforderung, mich bei einem privaten Arbeitsvermittler 50 Kilometer weiter vorzustellen. Logisch, weil es ja hier in der eigenen Stadt wohl nicht genug davon gibt. 2000 Euro hätte der Vermittler erhalten, wenn ich eine Arbeit bekommen hätte.

Ich also dort hin und gerate dort wieder in eine neue Welt. Nichts mit Statistiken schönen, sondern ergebnisorientiert arbeiten. Kannte ich diese Vorgehensweise nicht aus dem Handwerk? Logisch, denn die hier bekommen die Kohle für mich nur, wenn ich auch tatsächlich eine gewisse Zeit in der neuen Firma arbeite.
Nach einem sehr freundlichen Gespräch mit einer netten Dame legte Sie die Karten auf den Tisch und sagte, dass es keinen Arbeitsplatz für mich gebe, der zu meinem Alter passen und der seriös sei und obendrein auch nur halbwegs vernünftig bezahlt werde. Jobs gab es also, aber wohl nur in diesen Verbrecherfirmen.
Die nette Dame bestätigte mir meine Anwesenheit und dass ich auf einer Warteliste für Jobangebote sei. Damit hatte meine Arbeitsamtstante wieder ihre Ruhe und ich mein Geld weiter.

Es geht also nur darum, ein künstliches Gebilde aufrecht zu erhalten. Einen Verwaltungsapparat von Bediensteten, die in erster Linie sich selbst am Leben erhalten müssen. Daran anhängig sind viele Firmen, die sich an die Leistungen des Arbeitsamtes einklinken und auch noch Umsatz machen wollen. So erklärt sich auch die Bewerbung beim Papst. Es ging nie um meinen Arbeitsplatz. Schade nur, dass dieses System für mich auf 18 Monate begrenzt war. Außer ... man wird als Arbeitsloser krank. Das hätte mir aber auch früher einfallen können. Zumal ich tatsächlich krank war und nicht arbeitsfähig. Warum also die Zeit bis Hartz 4 nicht etwas strecken.
Natürlich ist das wieder nur Kosmetik, denn nicht arbeiten und sich durch eine Krankmeldung für etwas entschuldigen, was man real nicht macht, muss man erst verstehen. Es geht wieder nicht um meine Person, sondern nur um die Stelle, die

mich bezahlen muss.
Dieser Irrsinn hat aber Methode, und wir müssen nicht lange suchen, um praktische Beispiele zu finden. Geh nur mal in ein großes Autohaus und kaufe ein gebrauchtes Auto. Auch hier geht es nicht darum, dass du als Kunde ein tolles Auto bekommst, sondern dass mehrere Kostenstellen gut aussehen, weil der Verkäufer der Firma die Leistungen der Werkstatt oder Aufarbeitung in Rechnung gestellt bekommt.
Es geht also nie um das Ergebnis, sondern um viele kleine Einheiten, die sich einen Kuchen teilen müssen, wovon eigentlich nur Einer satt werden könnte. Dadurch werden die Leistungen für den Kunden teurer und ineffektiver. Der berühmte Kropf ist das Problem ...

Ich für meinen Teil brauchte wenigstens keine sinnlosen Bewerbungen auf sinnlose Zettel für gleichgültige Sachbearbeiter schreiben. Für die Dauer der Krankheit gibt es das Geld wieder von der Krankenkasse. Natürlich schmeckt es der Kasse nicht, und eine Vorstellung beim Medizinischen Dienst – Vertrauensarzt – ließ nicht lange auf sich warten. Es sollte für mich mit einem Paukenschlag enden.
Krankheit wurde bestätigt, und die Krankenkasse sollte nicht mein Problem sein. Allerdings fragte mich die Ärztin, was ich nach Ablauf der Krankengeldzeit und Bezugsfrist bei der ARGE machen würde? Ob ich mit Hartz 4 ein Auskommen hätte? Warum ich nicht in Frührente gehen würde?

Krawumm hat es gemacht. Voll ein Brett in die Schnauze bekommen und endlich begriffen, dass ich ein kranker Mann bin. Ein Mann, dessen Problem nicht ist, wie er wieder in Arbeit kommt, sondern wie er zukünftig ohne Arbeit leben kann.

Was aber ist Erwerbslosigkeit überhaupt? Diese Frage wird immer kontrovers diskutiert und gibt Raum für viele Interpretationen. Dabei kann man es sehr einfach ausdrücken: Wer nicht in der Lage ist, für drei Stunden zu arbeiten, ist erwerbsunfähig.

Wir unterscheiden nun ganz deutlich zwischen nicht können und nicht wollen. Wer in einem Spielcasino als Aufsicht nebenbei einen Job ausüben kann, ist in der Regel erwerbsfähig. Hingegen ein Mensch, der zwar kurzfristig seine Leistung erbringen kann, aber diese Leistung nicht in einen Arbeitsprozess integrieren kann, wird in den Genuss dieser sozialen Leistung kommen.

Nun muss es nicht immer so sein dass zum Beispiel ein Unfallopfer im Rollstuhl auch erwerbsunfähig ist, wenn es durch Training und viel Mühe einen gewissen Grad an Mobilität wieder erlangt hat und mit Einschränkungen einen Beruf ausüben kann, wo seine Behinderung nicht vordergründig im Wege steht. Interessant wird es, wenn der Kranke äußerlich keinerlei Anzeichen hat und eventuell auch noch munter durch die Straßen laufen kann. Dass sein Aktionsradius eventuell nur wenige Meter beträgt und er bei einer sitzenden Tätigkeit alle paar Minuten in einen Sekundenschlaf fällt, sieht man nicht. So habe ich früher selbst auch manchmal bei einigen Rentnern gedacht, es würde sich hier um geschickte Faulenzer handeln. Dass ich diesen Leuten unrecht getan habe, wird mir heute bewusst. Natürlich gibt es diese Schmarotzer, wie es in allen Bereichen des Lebens solche Menschen geben wird, aber man sollte doch genau hinschauen, bevor man sich ein Urteil erlaubt - falls man sich überhaupt ein Urteil erlauben darf.

Es liegt in der Natur der Menschen - außer man gehört zu den Schmarotzern - diese gesundheitliche Kapitulation nicht zuzu-

geben. Wie schon gesagt, hängen wir gern unserer Vergangenheit nach und merken nicht, dass wir diese Leistungen von damals nicht mehr erbringen können. So kann es passieren, dass man über einen längeren Zeitraum als Witzfigur krampfhaft versucht, an alte Leistungen zu knüpfen. Diese Variante ist nicht sehr schön aber eigentlich nur für die anderen peinlich, denn in der Regel merkt es der Betroffene nicht.
Die unangenehmere Variante ist die, dass der Gesundheitszustand sich erst schleppend verschlechtert und dann binnen kürzester Zeit massiv zusammenbricht. Hier hat man auch als intelligenter Mensch nicht die Zeit, sich auf diese Veränderung vorzubereiten. Dies ist in etwa so als wenn der Opa mit 91 Jahren stirbt, oder aber ein naher Verwandter mit 25 Jahren unerwartet aus dem Leben gerissen wird. Das Ergebnis ist zwar identisch, doch hat man in dem einen Fall nicht die Möglichkeit, sich darauf vorzubereiten.
Es taucht nun die Frage auf, ob ich wirklich nicht die Zeit hatte und mich auf meine Situation vorbereiten konnte. Wer bis hier her auch nur halbwegs mitgelesen hat, wird gemerkt haben, dass ich einfach alle Anzeichen ignoriert hatte. Was noch viel schlimmer ist, ist die Tatsache, dass die Probleme Arbeit und Gesundheit parallel verliefen. Hierbei gab es Höhen und Tiefen, und würde man ein Diagramm anlegen, wären die Kurven fast identisch. Taucht nun wieder die Frage auf, wenn doch alles offensichtlich war, warum nicht gegengesteuert wurde. Die Antwort ist ganz einfach: weil ich blöd war!
Natürlich ist es für einen Menschen erstrebenswert sein Rentenalter zu erreichen. In unserer Gesellschaft wird man an dem gemessen, was man leistet. Es mag einige rühmliche Ausnahmen geben, die als Künstler zu Ruhm und Ehre schon zu Lebzeiten gekommen sind, doch misst sich die Leistung eines Menschen viel einfacher an dem, was er in seinem Arbeitsle-

ben erreicht hat. Es ist natürlich strittig, ob man hier moralische Werte ansetzt, denn dann wäre die Krankenschwester weitaus höher anzusiedeln als ein Bankdirektor. Aber man sieht schon an der Bezahlung, welche Wertigkeit diese beiden Berufe in der allgemeinen Meinung der Bevölkerung haben. Daraus resultiert nun, dass jeder Beamte, Angestellte, Arbeiter oder Schüler versucht, möglichst erfolgreich zu sein.

Diese Verhaltensweisen sind nicht neu. Neben diesem Streben nach Erfolg, hat uns die Evolution noch eine deutliche Altlast mitgegeben. Wir müssen funktionieren!
Wir kennen es aus der Tierwelt, wo die schwachen Tiere auf der Strecke bleiben. Wer nun denkt, man könne doch einen solch schwachen Menschen nach seinen Fähigkeiten einsetzen, vergisst den ständigen Wandel und ständig wachsende Quoten in der Industrie. Eine Fabrik ist keine Behindertenwerkstatt und nicht das Sozialamt. Hinzu kommt der Druck der Kollegen, die ihr Tagessoll erfüllen müssen. Hier zählt nur das Ergebnis. Es wird kein Vorgesetzter fragen, wie das zu stande gekommen. Es interessiert die Ausbeute gerechnet pro Arbeiter. Das bedeutet, dass sich jeder anstrengen muss, um nicht durch ein Raster zu fallen und zu einer Last wird. Das bedeutet, dass bei schwindender Gesundheit Kräfte mobilisiert werden, um diesen Zustand zu verdecken.
Das fatale bei dieser Vorgehensweise ist, dass man in der Regel auch keine Ansprechpartner für diese Situation hat. Es darf niemand wissen. Ich möchte meine These nochmals in Erinnerung bringen, dass es an einem Arbeitsplatz keine Freunde gibt, sondern bestenfalls Kollegen. Diesen Umstand sollte man niemals vergessen, aber sofort danach handeln.
Es ist ein Trugschluss anzunehmen, man könnte allein mit einer solchen Situation fertig werden oder gar eine solche Situa-

tion langfristig zu vertuschen. Das funktioniert nicht und hat noch nie funktioniert. Es ist hochkarätig schädlich, es trotzdem zu versuchen, und der Schuss kann nur nach hinten losgehen. Es sind aber keine Schüsse mehr, sondern Kanonenschläge, die da plötzlich los gehen. Man kann froh sein, wenn man den Knall noch hört.

An meinen Zeilen wird man eventuell merken, dass ich mich hier von Satz zu Satz winde, ohne so richtig eine Entschuldigung für dieses unsinnige Verhalten zu finden. Ich bin auch kein Psychologe, aber eigentlich liegt die Lösung doch auf der Hand.

Wie festgestellt liegt es in unserer Natur, zu funktionieren. Es liegt nicht in unserer Natur damit umzugehen, wenn man von dieser Norm abweicht. Es kann durchaus sein, dass unser Umfeld oder sogar der Arbeitgeber wesentlich sozialer diese Situation umgehen würde, wenn man ihm die Zeit geben würde, sich darauf vorzubereiten. Das scheitert aber daran, weil wir uns selbst dieser Zeit nicht geben. Diesen berühmten Plan B haben wir nicht in der Tasche. Also schön bis zum bitteren Ende alles vertuschen und dann mit einem Paukenschlag den Bankrott erklären. An dieser Stelle ist man für sich an einem Punkt angekommen, wo man sich mit dieser Situation zwangsweise abgefunden hat. Für das Umfeld und den Arbeitgeber beginnt aber genau zu diesem Zeitpunkt dieser Prozess. Das diese zwei Prozesse nun nicht koordiniert werden können, dürfte dem geneigten Leser klar sein.

Zu diesem Zeitpunkt hat man die Möglichkeit verspielt, sich auf eine berufliche Situation einzuspielen, die Rücksicht auf den Gesundheitszustand nimmt. Zusätzlich hat man natürlich in der Zwischenzeit alle medizinischen Möglichkeiten außer acht gelassen, die eventuell noch hätten wirken können. Aber die Gefahr der Entdeckung war zu groß.

Nicht dass der Eindruck entsteht, die sozialen Errungenschaften der Neuzeit und gewerkschaftlichen Anstrengungen hätte es nie gegeben, kann ich durchaus auch positive Dinge berichten. So habe ich etliche ehemalige Kollegen, denen positiv bei zum Beispiel ihrer Alkoholsucht geholfen wurde und die heute wertvolle Mitarbeiter der Firma sind. Hätten diese Betroffenen früher diese Hilfe gesucht und auch besser kooperiert, wäre ihnen und ihren Familien viel Leid erspart geblieben. Auch hier ist ein Wandel zu beobachten. Wurden diese Leute früher in den Betrieben gedeckt, ist heute hierfür keinerlei Toleranz mehr zu spüren. Allerdings sind nicht die Mitarbeiter völlig andere, sondern einfach die Tatsache, dass ein besoffener Mitarbeiter bei der ständig angespannten Personaldecke so weh tut, dass er einfach nicht mehr tragbar ist. Wohl auch ein Grund, warum ich hier schon seit vielen Seiten nicht mehr über die doch recht unterhaltsamen Sauforgien berichte. Es gibt sie einfach nicht mehr.

Letztlich muss jeder für sich entscheiden, ob er funktionieren möchte oder muss, oder der Realität ins Auge sieht. Zugegeben, ist es nicht einfach. Auch hier behindert uns wieder die Evolution, denn obwohl wir denken, ein Individuum zu sein, sind wir ein Herdentier. Mir ist heute noch nicht klar, wie entgegen aller Vernunft man sich geradezu selbstzerstörerisch quält, um nicht gegen diese aufgestellten Normen zu schwimmen. Hier versagt jeglicher Selbstschutz.
Es ist natürlich sehr einfach, hier zu schwadroniert und kluge Texte zu verfassen. Es ist auch einfach zu sagen, dass man mehr an sich denken soll und Probleme öffentlich machen muss. Mir ist aber auch klar, dass es reine Theorie ist. Nur füllt Theorie keine Kühlschränke, bezahlt keine Miete und tilgt keine Ratenkredite. Es mag Menschen geben, die noch nie über

den Tellerrand des Sozialhilfestatus gesehen haben und auch mit dieser Situation zufrieden sind. Ich gehe aber von der Situation aus, dass man Zeiten erlebt hat, in denen man sich keine Gedanken machen musste, wie man den Monat finanziell überstehen kann. Wenn diese Situation drohend über einem schwebt, liegt es in der Natur der Dinge, alle Anstrengungen zu unternehmen und den Prozess aufzuhalten, oder wenigstens so lange wie möglich hinauszuzögern. Dass es falsch ist, wissen wir mittlerweile, ändert aber nichts an der Tatsache, dass es gemacht wird.

Eine Firma könnte hier wesentlich dazu beitragen, sinnvolle Hilfe in die Wege zu leiten. Wir wissen auch, dass eine Firma nicht das Sozialamt ist, doch behaupte ich einfach, dass sich diese vorzeitige Hilfe auch für die Firma rechnen wird. Eine Firma lebt optimal von Mitarbeitern, die ihren Fähigkeiten entsprechend eingesetzt werden und dort ein Maximum ihrer Leistung geben. Eine Firma lebt nicht von Mitarbeitern, die entgegen ihrem Leistungsprofil an Arbeitsplätzen eingesetzt werden, die sie nicht optimal ausfüllen. Auch dieses sind solche logischen Weisheiten, für die man keine Universität von innen gesehen haben muss. Das Paradoxe an der Sache ist aber, dass unsere Führungskräfte Universitäten von innen gesehen haben, aber ständig gegen diese Selbstverständlichkeiten arbeiten.

Sprach ich bisher von der eingebildeten Wertigkeit eines Arbeitslosen oder Frührentners, kann ich aber auch über die Realität berichten, die nichts mit Einbildung zu tun hat. Dass es beim lieben Geld schon losgeht, dürfte nicht überraschen. Man sollte nicht unterschätzen, welche Probleme auf einen zukommen können, wenn man plötzlich nur noch mit der Hälfte des Einkommens auskommen muss und solche schönen Zuwendungen wie Weihnachtsgeld oder Urlaubsgeld usw. nicht mehr bekommt. Sozialhilfeempfänger werden den Kopf schütteln und wären froh, diese Probleme zu haben. Aber Vorsicht, hier kann man sich leicht täuschen, denn dann bekommt man in der Regel keine Miete bezahlt, Kleidergeld oder sonstige Zuwendungen, und so kann es durchaus passieren, dass man von einem Betrag unterhalb des Hartz4-Satzes leben muss. Ich empfehle dringend professionelle Hilfe in dieser Situation, denn solche Dinge wie private Insolvenz sollten durchaus mit in die Überlegungen der Zukunftsplanung einbezogen werden.

Es gibt legitime Mittel, wie man sich das Leben wesentlich sorgenfreier gestalten kann. Es setzt aber voraus, dass man diese falsche Scham abgelegt und globaler denkt. Was nutzt es, wenn man eventuell immer tiefer in den finanziellen Ruin stürzt, nur um eine Fassade aufrecht zu erhalten.

Eine der beliebtesten Fehler der Arbeitnehmer ist, sich auf Schonarbeitsplätze einzulassen oder gar völlig andere Arbeitsplätze anzunehmen. Diese sind in der Regel schlechter bezahlt und nur in den seltensten Fällen auch wirklich dauerhaft auszuführen. Meistens ist es nur eine Verlagerung der Probleme um einige Monate und mit viel Glück sogar um einige Jahre. Ist das Ergebnis dann doch eine frühe Rente, hat man sich durch die Einkommenseinbuße durch den Schonarbeitsplatz einen gewaltigen Einschnitt in der Rentenberechnung eingehandelt. Probiert, nicht geklappt, weniger Rente.

Man sollte sich vor Augen führen, dass man nun selbst Unternehmer ist. Es geht darum, sich so teuer wie möglich zu verkaufen und letztlich zu überleben. Das setzt voraus, dass man sich seiner Situation absolut bewusst ist. Hier werden die Weichen für eine Situation gestellt, die wohl bis zum Lebensende nicht mehr zu ändern ist. Also wach werden - wir sind hier nicht auf dem Spielplatz.

Lehrreiches

Nun wird der Leser meiner Seiten denken, dass ich wohl Pech hatte und man von einem Einzelschicksal sprechen kann. Falsch, ganz falsch, denn es ist zum System geworden.

Eine Firma, die 10 Millionen Gewinn im Jahr macht, soll laut Vorstand im nächsten Jahr 15 Millionen Gewinn machen.
Nun packt die Firma aber nur einen Gewinn von 12 Millionen, was eine deutliche Steigerung zum Vorjahr bedeuten würde. Und schon wieder falsch, weil die Firma nun propagieren wird, dass sie 3 Millionen Verlust gemacht hat - das gegenüber der geforderten Gewinnprognose wird einfach verschluckt. Wäre auch nicht gut für das Personal, dass sich nun aus Angst um die Arbeitsplätze deutlich steigern muss. Keine Lohnerhöhung oder mehr Ausbeute oder wie auch immer. Der Mitarbeiter ist dankbar, wenn er nicht gekündigt wird, obwohl doch seine Firma angeblich Verluste schreibt. Ein perfides System, welches die Mitarbeiter schon lange durchschaut haben, sich aber nicht trauen, dagegen anzugehen.

Auch auf die Gefahr hin, mich zu wiederholen, waren solche Probleme früher nicht aufgetreten. Man fragte nach Arbeit und den Konditionen und arbeitete für die Firma oder eben nicht. In der Firma gab es Vorgesetzte, und die trafen Entscheidungen, die richtig oder falsch waren. Denn die zwei Klassen (Arbeiter und Studierte) hatten keine Berührungspunkte. Den Arbeiter ließ man zwar etwas aufsteigen, doch er blieb immer in der unteren Führungsebene. Der einfache Arbeiter kämpfte, um in diese untere Führungsebene zu gelangen. Für ein paar Mark – später Euro – mehr, mutierten hier Leute zu Verrätern, Kameradenschweine und linke Ratten. Es

gibt Ausnahmen, aber ich habe nur wenige gesehen. Doch ich habe sie gesehen, sonst könnte ich ja diese Unterschiede nicht beschreiben.
Die Ratten sind wichtig, weil sie entweder nichts arbeiten oder fast alles erledigen. So konnte es passieren, dass ein verurteilter Lottobetrüger einer Mannschaft als Führungskraft vorangestellt wird, die er vorher beschissen hatte. In meiner kleinen Werkstatt wäre der tot gewesen. In der Industrie ticken die Uhren anders. Dort hat dieser Betrüger bis zu seiner Rente gearbeitet, wurde von keinem Mitarbeiter beachtet bzw. verachtet und hatte keinen Einfluss auf das Ergebnis der Firma, weil seine Anordnungen ignoriert wurden. Das wusste sogar der Tagesmeister, aber da werden schon diverse Seilschaften bestanden haben ...
Und nun kommt es: Wir haben immer geglaubt, dass unsere Studierten ihr Fach beherrschen und alles einen Sinn hat. Wir hinterfragten das auch nicht, sondern machten. Es war eine Ehre für uns, wenn Herr Doktor uns begrüßte oder gar die Hand gab. Das passierte manchmal, wenn man uns Fußvolk nicht schnell genug versteckt hatte oder die Herren unangemeldet durch den Betrieb gingen. Ja, wir haben zu diesen Leuten, die unsere Chefs waren, aufgeschaut und ihnen vertraut.

An dieser Stelle sei deutlich gesagt, dass es auch kein Ausländerproblem gab. Nur so am Rande. Es gab übrigens auch keine Führungskräfte der unteren Ebene aus den Gastarbeiterländern. Fachlich und menschlich wären viele geeignet gewesen – aber es gab sie einfach nicht. Ich als junger Deutscher hatte ja schon meine Probleme mit Leistung zu überzeugen, und da hatten Ausländer einfach nichts zu suchen.
Alles sollte sich ändern, als die Führung jünger wurde, Bioläden modern wurden, Multikulti per Gesetz verordnet wurde

und alle meinten, man müsse durch Meetings im großen Kreis Lösungen finden und dabei sogar den gemeinen Arbeiter einbeziehen. Dieser Umgang wurde angeordnet – seit nett zu den Tieren. Das war nicht so einfach, denn schon rhetorisch waren hier gigantische Unterschiede. Manchmal verstand man sich einfach nicht – oder falsch, wobei falsch gefährlich ist. Natürlich spielt die unterschiedliche Bildung auch eine große Rolle.
Einige Arbeiter bekamen richtige Höhenflüge und dachten, sie wären Mitglied dieser Oberliga. Peinlich sage ich nur, einfach nur peinlich.
Es nutzt beiden Seiten nichts, denn es gibt auch Arbeiter mit normaler oder gar hoher Intelligenz. Diese bemerken schnell, dass dieses ganze Führungsgebilde ein instabiles Kartenhaus ist und es auch da weniger schlaue Leute gibt.
Umgekehrt merken die Oberen aber auch schnell, wer nur wenig Hirn mitbringt, und genau diese werden mit einer Aufgabe betraut. Ein Diener fürs Leben, und wenn der Mist baut, direkt Anschiss verpassen und drei neue Aufgaben zuteilen. Das klappt immer ...

Nüchtern betrachten, war das System früher für die Arbeiterschaft besser. Es fallen mir keine Gründe ein, was diese Anbiederungen dem Arbeiter bringen würden, denn für voll genommen wird er nicht. Die Führung erfährt mehr und hat nun Spione in der Mannschaft. Der Leistungsdruck ist einfacher zu verteilen.
Die Tatsache, dass die Mannschaft nun weiß, dass ihr Chef eine Macke hat, ist zwar schön, aber nutzlos. Chef hat immer recht – basta.
Nun muss dieser Akademiker sich rechtfertigen und seine Anordnungen mit dem Fußvolk diskutieren. Aufgepasst Chef, denn das kann sich positiv auf deine Firma auswirken. Helft

dem Bildungsärmeren doch, seine Sichtweise eines Problems trotz rhetorischer Schwäche darzustellen, ohne dass er wie ein Neandertaler wirkt. Im Gegenzug stelle deine Sichtweise verständlich dar, und ihr werdet ein Level der Kommunikation finden, das der Sache dienlich sein wird.
Nur dann – und wirklich nur dann – gibt es keine Schlachten um des Intellektes willen, sondern es wird um das Ergebnis gehen. Deshalb ist es wichtig, wenn beide Seiten das Problem verstehen. Logisch , oder?
Die Praxis zeigt, dass es hier die größten Probleme gibt, denn neben Pech im Leben, hat es meist auch Gründe, warum der eine einen Doktortitel hat und der andere seinen Hauptschulabschluss nicht geschafft hat. Aber warum bringt man ein solches Halbhirn in eine Stellung, in der er mit der Führung Probleme lösen soll? Da gibt es doch bestimmt andere Kräfte, die das vom Niveau her besser könnten. Funktioniert natürlich nur, wenn die Posten der unteren Ebene nicht danach vergeben werden, wer dem Schichtmeister das Auto repariert oder wer mit wem in den Puff geht.

Liebe Firmenchefs – ihr verschenkt hier gewaliges Potential.

Eine weitere betriebswirtschaftliche Katastrophe ist, dass die fehlende Kontrolle der Vergangenheit durch ein perfektes Kontrollsystem ersetzt wurde. Perfekt denkt die Firma, doch jedes System hat Schwächen, wie ich hier ja schon anschaulich beschrieben habe.
Die vormals mindere Leistungszeit der Mitarbeiter für die Firma wurde nicht ersetzt gegen Zeiten, in denen für die Firma etwas erwirtschaftet wird, denn die Mitarbeiter haben nun genug damit zu tun, um mit dem Arsch an der Wand zu bleiben. Je mehr Aufpasser die Firma aufstellt, um so größer wird die

Zeit, die die Mannschaft aufwenden muss, um ihr eigenes Schaffen so zu verpacken, dass es keinen Ärger gibt. Das killt natürlich jegliche Motivation der Arbeiter, etwas außer der Norm zu tun. Es könnte ja den Zorn der Götter erregen, denn nur wer arbeitet, macht Fehler. Wer viel arbeitet, macht viel Fehler. Ich behaupte, etwa 50 Prozent meiner Arbeitleistung mit Protokollierung meiner Arbeit und Geradebiegen von Daten über meine Arbeit verbracht zu haben. Die Firma ist ja nicht doof, und die Kontrollsysteme wurden immer besser. Wir aber auch, und wären die Kosten und Arbeitsleistungen der unnötigen Kontrolleure und unsere verpulverte Zeit in das Produkt gesteckt worden – es wäre richtig etwas dabei rumgekommen. Die Firma hätte mehr verdient, und wir Arbeiter wären etwas zufriedener gewesen.

Viele dieser Aufpasser fühlen sich nicht wohl mit ihrer Aufgabe, weil sie in der Überzahl und entgegen der prodoktiven Mannschaft bei weitem nicht ausgelastet sind. Wie sollen sie das ihrem Chef darstellen? Also TTV wie man bei der Bundeswehr gelernt hat. Tarnen – täuschen und verpissen. Leider wird das auch von der Mannschaft bemerkt und die armen Schweine sind nicht unbedingt beliebt. Besonders in arbeitsintensiven Phasen sind diese Aufpasser überflüssig wie Bauchweh, weil sie nur in seltenen Fällen fachkundige Hilfe nicht leisten können, und was besonders pervers ist – aktive Hilfe sogar teilweise von der Leitung untersagt bekommen. Da sind schon manchmal ganz komische Gedanken aufgekommen – um es mal ganz vorsichtig zu umschreiben.

Liebe Firmenleiter – ihr seid nicht das Sozialamt, sondern eure Aufgabe ist, Gewinn zu erwirtschaften. Und das geht deutlich besser, wenn das Personal zufrieden ist. Wie schon vorher geschrieben, geht das nicht nur mit Geld, sondern mit einem

Klima, für das die Chefetage zuständig ist. Es nutzt nichts, wenn die Mitarbeiter ein tolles Arbeitsklima aufbauen, es vom Chef in die Tonne getreten wird. Das bedarf wohl keiner weiteren Ausführungen. Trotzdem scheint es ein Thema zu sein, denn bei Umfragen unter Mitarbeitern kommen immer wieder die selben Firmen gut weg. Rechnet man die Steigerung der Produktivität nur mit 2 Prozent – da kommen Milliarden raus. Das Potential ist in der Realität deutlich höher. Steigerung der Produktivität ohne Personalabbau und Mehrkosten. Leider ist das so einfach, dass es niemals flächendeckend praktiziert werden kann. Man stelle sich vor, der Unternehmensberater durchleuchtet für viel Geld die angeschlagene Firma und kommt zum Ergebnis: „Sein Sie freundlich zu Ihren Mitarbeitern, und der Umsatz wird höher." Das geht nicht, weil es zu einfach ist.

Dieses Buch beschreibt die Vorgänge in der Industrie. Ich habe behauptet, dass diese unmöglichen Dinge im Handwerk und kleinen Betrieb niemals passieren können. Diese Aussage ist falsch, und ich durfte erfahren, dass es hier noch schlimmer und brutaler zugeht, weil jeder Idiot ein Geschäft haben darf und die Mitarbeiter keine Ausweichmöglichkeit haben, wenn der Meister menschlich ein Totalversager ist. Die Fronten sind also allgemein Arbeitnehmer versus Arbeitgeber.

Warum tut man sich das überhaupt an? Warum arbeiten Männer nachts, und die junge Ehefrau hat zwar gern das Geld, aber auch gern was Warmes im Bett und holt sich das auch? Andre haben einen Lebensstandard aufgebaut, der bei monatlicher Gehaltseinbuße von nur 100 Euro das Kartenhaus zum Einsturz bringt. Da mussten Mitarbeiter am Monatsende krank machen, weil der Tank im Auto leer war und man nicht zur Arbeit kam. So war die Quote der Schichtler, bei denen daheim alles passte und finanziell Tiefenentspannung herrschte, verblüffend gering. Viele waren gesundheitlich gezeichnet und in einem Alter, in dem man nicht einfach in den nächsten Job springt. Genau aus diesem Grund meint ein Großteil, sich alle Unsinnigkeiten gefallenlassen zu müssen. Man fühlt sich ausgeliefert, und man konnte beobachten, dass es immer die selben Mitarbeiter waren, die sich wehrten. Meist mit bezahltem Haus, und es gab tatsächlich auch Mitarbeiter, die haben die Schicht zur Entspannung genutzt und nach Feierabend das richtige Geld verdient. Das gab es wirklich ...

Ich möchte verdeutlichen, dass jeder der Mitarbeiter sein Päckchen zu tragen hat und man erst eine Mannschaft oder ein Team hat, wenn man aus einer Anzahl Mitarbeiter ein Team aus Menschen auf die Beine stellt. Respekt und Augenhöhe sind gefragt, und schon wird es ein Kinderspiel, dieses Team zu führen. Führen, nicht lenken, denn ein funktionierendes Team lenkt sich selbst. Die Führung ist nur zur Kommunikation und Außendarstellung vorgesehen. Es ist an dieser Stelle sinnlos, über Teamarbeit zu schreiben, denn es gibt Firmen mit funktionierenden Systemen. Ich war leider in einer, in der das zwar gefordert wurde, aber nicht gewollt war. Selbststeuerndes Team? Das könnte gefährlich werden, und wozu werden dann Leute bezahlt, die zur Überwachung dieser Neandertaler abgestellt sind?

Der Leser, der es bis hierher tapfer geschafft hat, wird merken, dass ich zum Ende des Buches anfange zu labern und zu schwafeln und nicht zu Potte komme. Das stimmt, denn ich bekomme immer mehr Zweifel, ob das System überhaupt Produktivität möchte und auch verkraftet, denn wenn man sieht, mit welcher Gewalt und Dummheit diese Produktivität verhindert wird, könnte man ebenfalls auf dumme Gedanken kommen. Man will das nicht, sondern will das System einfach nur am Laufen halten. Zu tief sind die Seilschaften, und zum Teil fehlt es einfach auch an gesundem Menschenverstand, etwas zu ändern. Dass insgesamt die Volkswirtschaft funktioniert, verstehe ich nicht. Nicht wenn man gesehen hat, wie das Verständnis von Produktivität umgesetzt wird.

Mein Apell an alle Mitwirkenden: „Hirn einschalten und habt euch lieb."

Ein Thema dieses Buches sollte Mobbing behandeln, und ich wollte Ratschläge geben. Ich habe erkannt, dass es ein zu komplexes Thema ist und es hierfür Fachleute gibt.
Ich selbst habe es verpasst und konnte die verlorenen Jahre nicht mehr ins rechte Licht rücken. Meine Frau erlebte es ebenso, und selbst wenn man den Verdacht hat, dass Mobbing im Spiel ist, vertrödelt man immer noch wertvolle Zeit, etwas dagegen zu unternehmen.
Heute würde ich direkt alle Führungsebenen einschalten und mich medizinisch betreuen lassen. Alles Andere ist Unsinn und gefährlich.
Von meinen Möglichkeiten, zum Bruttosozialprodukt für unser Land beizutragen, wurde etwa die Hälfte verschenkt und ist sinnlos verpufft. Eine Zahl, die selbst von Leuten, die bis zum realen Rentenalter arbeiten, noch getoppt werden kann und auch wird. Andere Länder würden gern, aber können es nicht, und wir können es und tun es nicht. Ich könnte kotzen.

Ich bin übrigens heute Frührentner, gesundheitlich im Eimer und sehr glücklich.
Dank an meine Frau Marion und meinen Sohn Markus, es trotz meiner Macken mit mir ausgehalten zu haben.